Luciano Comida / Vagelis Iliopoulos

Dreizehneinhalb

Luciano Comida / Vagelis Iliopoulos

Dreizehn-einhalb

Übersetzung aus dem
Griechischen von Doris Wille

Übersetzung aus dem
Italienischen von Ingrid Ickler

BAUMHAUS
VERLAG

Für meine Tochter Francesca
L.C.

Für meine Kinder Eleanna und Sirio
V.I.

ISBN 978-3-8339-3776-7

Die italienische Originalausgabe erschien 2005
unter dem Titel »Da Michele Crismani – Italia
a Fotis Paskos – Grecia«
bei Edizioni El, San Dorligo della Valle (Trieste)

Covergestaltung: Götz Rohloff
unter Verwendung von Fotos von getty images and Corbis
Redaktion: Sigrid Vieth
Satz: Dörlemann Satz, Lemförde
Gesetzt aus der Adobe Caslon

Gesamtverzeichnis schickt gern:
Baumhaus Verlag GmbH
Ludwigstraße 33–37
D-60327 Frankfurt am Main
www.baumhaus-verlag.de

5 4 3 2 1   09 10 11 12 2013

Die Erwachsenen, weil sie erwachsen sind,
die Alten, weil sie alt sind,
die Kinder, weil sie Kinder sind …
alle haben jemanden, der sie unterstützt.
Aber wir Jugendlichen, wen haben wir,
der uns unterstützt?
Nur unsere Freunde!

Zuhause bei Michele Crismani in Triest

Wenn das, was ich erlebe, verfilmt würde, dann hieße es: »Allein in einer fremden Stadt« oder besser noch »Allein in einem fremden Land«.

Nach dem Vorspann würde die Kamera ein dunkles Zimmer zeigen. Langsamer Zoom: Ich liege auf dem Bett. Meine Augen sind geschlossen. Die Zuschauer glauben, dass ich schlafe. Aber dann schlage ich die Augen auf, und man hört mich sagen: Ich heiße Fotis Paskos. Ich bin Lichtjahre von Zuhause entfernt, im Zimmer eines anderen Dreizehnjährigen.

Von einem Poster aus beobachtet mich Shakira. Wenn sie mich kennen würde, würde sie einen Song über meine Erlebnisse schreiben, einen Song nur für mich.

Ein wunderbarer Traum! Ich will, dass er auch im Schlaf weitergeht.

Die Kamera zeigt auf mich. Ich mache die Augen zu, kuschele mich in die Kätzchen-Decke und versinke in meinem Traum.

Zuhause bei Fotis Paskos in Athen

Hier ist Michele Crismani. Ein dreizehnjähriger Junge, der bis zum Hals in Schwierigkeiten steckt und sich fühlt wie die Titanic, unmittelbar bevor sie den Eisberg gerammt hat.

Unglaublich! Ich muss in einem fremden Bett schlafen, in einem unbekannten Haus wohnen, bei einer alten Frau mit Damenbart, die ich noch nie zuvor gesehen habe. Ganz zu schweigen von diesem seltsamen Kapitän.

Ich komme mir vor wie auf einem fernen Planeten voller Aliens mit unaussprechlichen Namen.

Andererseits verpasse ich dadurch eine Woche Schule. Auch nicht schlecht, oder?

Aber wie immer bei verrückten Geschichten, fange ich am besten ganz von vorne an, sonst habt ihr keine Ahnung, worum es überhaupt geht.

Neun Monate zuvor

Triest, den 7. Januar

Lieber unbekannter griechischer Freund,

entschuldige meine erbarmungslose Offenheit. Aber ich schreibe dir nicht freiwillig – man hat mich dazu gezwungen. Ich kenne dich nicht und habe auch keine Lust, dich kennenzulernen.

Angefangen hat alles damit, dass meine Italienischlehrerin Frau Juliano eine Schwäche für die Antike hat. In den Weihnachtsferien war sie in Griechenland, um sich Tempel und sowas anzusehen, und in einem Museum hat sie dann deine Lehrerin Frau Kosmas kennengelernt. Offensichtlich haben die beiden Freundschaft geschlossen, was mich eigentlich gar nichts anginge. Nichts könnte mich weniger interessieren, wenn nicht … Ja, wenn die beiden nicht auf diese Schnapsidee gekommen wären.

Voller Begeisterung kam die Juliano heute in die Klasse gestürmt und verkündete: »Ich habe eine tolle Idee. Wir starten eine Klassen-Brieffreundschaft. Jeder Schüler dieser Klasse schreibt einen Brief an einen gleichaltrigen Schüler einer Schule der griechischen Hauptstadt. Ihr wisst natürlich, was die Hauptstadt von Griechenland ist!?«

Und als ob die Mathehausaufgaben mit den verdammten Gleichungen, die man sowieso nie wieder braucht (vor allem ich nicht), nicht schon schlimm genug wären, muss ich dir jetzt auch noch einen Brief schreiben. Einen Brief an jemand, von dem ich nichts, aber auch gar nichts weiß.

Zum Glück liest die Juliano unsere Briefe nicht (sie meinte, das sei unsere Privatsphäre). Meine Klassenkameraden und ich mussten die zugeklebten Kuverts bei ihr abgeben. Sie steckt alle Briefe in einen großen Umschlag und schickt diesen an eure Frau Kosmas.

Ein guter Rat, mein lieber unbekannter Grieche: Mach's wie ich. Ignoriere mich einfach!

Es grüßt dich,
Michele Crismani

Athen, den 15. Januar

Lieber Michele,
mein Freund aus Triest in Italien,

wie sehr habe ich mich heute gefreut, als Frau Kosmas, meine Italienischlehrerin, eure Briefe an uns ausgeteilt hat! Sie kam am Morgen eilig in die Klasse mit einem braunen Umschlag in der Hand.

»Na, was habe ich hier für euch?«, fragte sie und fuhr fort, ohne die Antwort abzuwarten: »Erinnert ihr euch an Frau Juliano, die Lehrerin aus Italien, die ich an Weihnachten im Archäologischen Museum kennengelernt habe? Ich hatte euch von ihr erzählt. Nun, sie hat also ihren Schülern gesagt, dass sie euch schreiben sollen, jeder einen Brief, und diese Briefe hat sie mir jetzt geschickt, damit ich sie an euch verteile. Jeder von euch zieht also aus dem großen Umschlag einen kleineren, der einen Brief enthält. Ihr müsst dem Absender innerhalb von ein paar Tagen antworten.«

In der Klasse kam Begeisterung auf. Viele Mädchen wollten den Brief von einem Jungen ziehen, da sie sich euch alle wie Eros Ramazotti vorstellen. Natürlich können sie aber auch einen wie Roberto Benigni erwischen … Von den Jungen wollten einige einen Briefwechsel mit Mädchen anfangen, weil es heißt, dass die Italienerinnen sehr hübsch sind, und andere mit Jungen, um über Ferrari, Juventus und Milan zu debattieren.

Mir war das nicht so wichtig. Wer den Brief, den ich ziehen würde, auch immer geschrieben haben mochte, sollte für mich ein guter Freund sein. Wichtig ist, dass ich durch den Briefwechsel im Italienischen besser werde.

Außerdem will ich wissen, wie jemand in meinem Alter aus einem Nachbarland denkt. Auch wenn unsere Lehrerinnen uns nicht dazu verpflichtet hätten, fände ich es schön, einen Brieffreund zu haben.

Ich zog also einen Brief und das war deiner. Dein Name gefiel mir: Michele Crismani. Er erinnerte mich an Markennamen für Schuhe, Taschen, Kleidung oder Parfüm. So wie man Giorgio Armani sagt.

Ich heiße Fotis Paskos.

Über deine Stadt Triest weiß ich nicht viel. Nur, dass sie dort am Ende des 18. Jahrhunderts einen Griechen gefangen genommen haben, Rigas Feräos, einen Vorkämpfer im Aufstand gegen die Türken. Das wirst du wahrscheinlich nicht wissen, weil es vor über 200 Jahren passiert ist. Ich weiß es, weil ich in Geschichte spitze bin. Ich habe 20 Punkte, die Bestnote! Nicht, dass ich in den anderen Fächern nicht gut wäre: 19,2 ist meine Durchschnittsnote.

Wie läuft es bei dir in der Schule? Ich habe das Gefühl, nicht so besonders. Warum würdest du sonst so an deiner Lehrerin herummeckern? Okay, ich kenne Frau Juliano nicht, aber eine Verehrerin des antiken griechischen Geistes kann nicht total daneben sein. Frau Kosmas jedenfalls ist ein wunderbarer Mensch und eine gute Lehrerin. Genau genommen ist sie sogar hervorragend! Sie unterrichtet Italienisch auf so originelle Weise, dass es keinem von uns langweilig wird.

Das Fach ist bei uns ein Wahlfach. Ich könnte mir stattdessen auch etwas anderes aussuchen. Aber ich habe mich für Italienisch entschieden, weil ich gerne Opern höre und das Italienisch mir dabei helfen wird, die Melodramen besser zu verstehen.

Ich bekomme Musikunterricht und nehme Gesangsstunden. Vor allem mag ich Verdi und Puccini. Meine Lieblingsarie ist »Nessun Dorma« aus *Turandot*. Die höre ich mir an, gesungen von Pavarotti, und träume davon, wie ich sie selbst in der Scala von Mailand singe!

Du Glücklicher, wie oft du wohl schon dort warst. Wie viele Opern du wohl schon gesehen hast. Jetzt sag bloß nicht, dass du auch schon in der Arena von Verona eine Oper gehört hast, denn dann werde ich so richtig neidisch! Dort stelle ich mir immer vor, wie ich der Alfredo aus der *Traviata* bin. Auch diese Oper höre ich mir oft auf CD an, eine Aufzeichnung mit Maria Callas, ich glaube von 1955.

Wie du siehst, verbindet uns nicht nur das alte Griechenland, sondern auch die Gegenwart.

Könnte ich dich also ignorieren? Natürlich nicht. Du bist Michele, mein neuer Freund, und wir werden uns regelmäßig Briefe schreiben. Wer weiß, vielleicht werden wir uns auch einmal treffen. Frau Kosmas hat gesagt, dass eventuell einige von uns nach Italien kommen und bei euch wohnen werden, vorausgesetzt, dass sich dafür Gelder von der Europäischen Union auftreiben lassen. Nach einem Monat würdet ihr dann hierher kommen und bei uns wohnen. Es ist also gut möglich, dass wir uns gegenseitig besuchen können. Wie schön!

Die Idee unserer Lehrerinnen war fantastisch. Ich frage mich, warum du sie so übel aufgenommen hast.
Weil du viel zu lernen hast, stimmt's? Schick mir mal eine Mathegleichung und ich löse sie für dich. Ich habe dir ja gesagt, dass ich gut in der Schule bin. Nur im Sport habe ich eine 17, meine schlechteste Note. Und das auch bloß, weil mich der Sportlehrer dabei erwischt hat, als ich während des Unterrichts die iPod-Kopfhörer in den Ohren hatte. Ich habe *Bohème* gehört, und wahrscheinlich habe ich mich dazu hinreißen lassen, irgendeine Arie mitzusingen, während die anderen Sport gemacht haben.

So viel von mir als Antwort auf deinen ersten Brief. Sobald du ihn erhältst, antworte mir, denn ich warte ungeduldig darauf. Hast du vielleicht auch eine E-Mail-Adresse, damit wir uns per Computer schreiben
können?

Michele, mein Freund, mach es gut.
Fotis

Triest, den 22. Januar

Lieber Fotis Paskos,

lass uns eines klarstellen: Ich mag zwar keine große Leuchte in der Schule sein, aber das weiß ich genau: Das »Alte Griechenland« wird groß geschrieben. Aber sonst, Hut ab. Dein Italienisch ist große Klasse!

Die ersten Briefe aus Griechenland sind vorgestern in Triest eingetroffen. Da schoss mir plötzlich ein Gedanke durch den Kopf: Vielleicht habe ich ja Glück und mir hat ein Mädchen geantwortet! So wie Martin Gutierrez (der kommt ursprünglich aus Argentinien) und Salvatore Collu (der ist Sarde).

Der Brief an mich ist dagegen erst heute angekommen. Die Enttäuschung war groß, als ich ihn aufgemacht habe und feststellen musste, dass du ein Junge bist, genau wie ich. So ein Mist (vielleicht liegt es daran, dass ich in Triest geboren bin). Aber so ist das Leben. Im Grunde ist eins so gut oder so schlecht wie das andere.

Bei aller Enttäuschung konnte ich wenigstens über deinen Namen lachen, denn Fotis erinnert mich ein bisschen an Furz. Ich will dich ja nicht beleidigen, aber ihr habt komische Namen bei euch in Griechenland.

Ich bin übrigens weder Juve- noch Inter-Fan. Aber Michael Schumacher und Ferrari finde ich super, vor allem, wenn sie einen Grand Prix gewonnen haben.

Mein Vater fährt nur einen uralten Citroen AX, eine jämmerliche Kiste. Echter Speed? Fehlanzeige. Das

Tempo wird nur vom Minutenzeiger der Schuluhr getoppt. Und erst die Farbe! Eine Katastrophe!

Trotz der kleinen Fehler, die du machst: Dein Italienisch ist besser als meins. Mein Vater würde jetzt sagen, dazu gehört auch nicht viel. Aber der lässt ohnehin keine Gelegenheit aus, um mich zu kritisieren.

Sind deine Eltern genauso?

Als du geschrieben hast, dass dich mein Name an ein Parfüm erinnert, kam mir eine großartige Idee. Ich werde ein super Aftershave kreieren, es massenhaft produzieren lassen und steinreich werden. Und jedes Jahr zu Weihnachten werde ich dir als Zeichen meiner Dankbarkeit ein Päckchen schicken. Inhalt: Rasierschaum der Marke Michele Crismani.

Über die Stadt, in der ich lebe, weiß ich fast nichts. Aber ich hole mir irgendwann aus der Bibliothek meines Vaters ein Buch über Triest und werfe einen Blick hinein. Dann kann ich dir mehr erzählen.

Du bist gut in Geschichte. Ich nicht.

Du bist gut in fast allen Fächern. Ich nicht.

Du bist schlecht in Sport. Ich auch.

Geschichte ist für mich abgehakt. Egal, ob es um euch Griechen oder uns Römer geht, um Napoleon, Julius Cäsar, Alexander den Großen oder Christoph Kolumbus. Das interessiert mich einen … nicht sehr.

Trotzdem nehme ich dein Angebot, mir in Mathe zu helfen, gerne an. In Mathe bin ich nämlich am allerschlechtesten.

Aber was mich wirklich interessiert, ist folgendes:

Du hast Gesangsunterricht, du magst Verdi und Puccini, auf deinem iPod laufen Opern. Du willst wissen, ob ich schon mal in der Scala oder in der Arena di Verona war.

Mal ehrlich: Bist du ein Alien, oder was?
Klar kannst du nach Triest kommen. Ich komme gerne nach Athen. Vor allem, wenn du eine Schwester in meinem Alter hast.

Bis bald,
dein Michele

Triest, den 22. Januar

Lieber Fotis,

meine Antwort hatte ich gerade weggeschickt, als mir noch etwas eingefallen ist. Deshalb gebe ich dir meineE-Mail-Adresse nochmal extra: michele.crismani@libero.it.

Ich bekomme nie richtige E-Mails, nur blöde Werbung und Spam.

Ciao zum Zweiten,
Michele

Athen, den 3. Februar

Lieber Michele,

über deinen Brief habe ich mich sehr gefreut. Kaum hielt ich ihn in Händen, da rannte ich in mein Zimmer, schloss die Tür, damit mich niemand stört, und öffnete den Umschlag.

Du schreibst richtig witzig.

Im Gegensatz zu dir glaube ich, dass es letzten Endes ein Glück ist, dass ich diese Brieffreundschaft mit dir habe. Wir sind so verschieden, und das bedeutet nichts anderes, als eine echte Herausforderung!

Ich wundere mich nicht, dass dir mein Name lustig vorkommt. Aber warte erstmal ab, bis ich dir sage, was der Nachname deines Freundes Salvatore aus Argentinien auf Griechisch bedeutet. Heißt er wirklich Collu? Wird das Wort vielleicht auf dem Co betont? Lach nicht, das ist wichtig. Falls er auch mitkommt, wenn wir uns treffen, sag ihm, dass er seinen Nachnamen in Griechenland besser nicht erwähnt!

Du fragst mich, wie sich meine Eltern mir gegenüber verhalten. Also, pass auf: Meine Eltern sind geschieden. »Wir lieben uns nicht mehr«, sagten sie mir und fügten sofort hinzu, dass sie mich sehr lieb haben, alle beide. Schließlich bin ich durch ihre … große Liebe bei meiner Oma Athina gelandet, bei der Mutter meiner Mutter! Sie ist zum Glück ein wahrer Engel, und es geht mir gut bei ihr. Oma Athina hat mich in die Oper eingeführt, und wegen ihr liebe ich auch die klassische Musik so sehr. In ihrer Jugend war sie Klavierlehrerin. Jetzt gibt sie keinen Unterricht mehr und beschäftigt sich den ganzen Tag mit mir.

Meine Mama, die in einer kleinen Wohnung unter uns wohnt, im zweiten Stock, ist ständig auf Dienstreise. Sie ist Werbefachfrau, genauer gesagt, die Leiterin der Werbeabteilung einer Frauenzeitschrift. Und wenn sie sich nicht gerade außerhalb von Athen aufhält, dann ist sie bei beruflichen Treffen und Arbeitsessen.

Mein Papa ist Arzt. Er hat wieder geheiratet und eine kleine Tochter von vier Jahren. Also habe ich, wie du siehst, tatsächlich eine Schwester. Wenn du kommst, wirst du sie aber nicht zu Gesicht bekommen. Nicht nur, weil sie sehr nervig ist, sondern vor allem, weil Papa den ganzen Tag im Krankenhaus verbringt. Ich sehe ihn nur jedes zweite Wochenende, und das auch nur, wenn er sich daran erinnert und mich abholt. In letzter Zeit passiert aber immer irgendetwas und er kommt nicht.

Stell dir vor, Papa hat sich vor einem Monat ein neues Auto gekauft, einen roten Alpha Romeo 147, und ich habe den Wagen noch nicht gesehen, ich bin noch nicht eingestiegen, und mein Vater hat noch keine einzige Spritztour mit mir gemacht! Da ist der Citroen AX von deinem Papa also besser, mit dem er dich wenigstens spazieren fährt.

Aber eines wundert mich schon: Ihr seid Italiener und habt ein französisches Auto? Ich dachte, dass halb Italien einen Ferrari fährt und der Rest einen Maserati oder Lancia, von mir aus auch einen Alpha Romeo oder Fiat. Aber ihr habt, wie du mir schreibst, auch französische und vielleicht auch deutsche und sicher auch japanische Autos. Warum eigentlich? Findet ihr eure eigenen etwa nicht gut genug?

Es freut mich, dass ich dich dazu gebracht habe, nach Büchern zur Geschichte deiner Stadt zu suchen. Du solltest sie lesen, denn Frau Kosmas hat uns gesagt, dass wir eure Reiseleiter sein werden, wenn ihr zu uns kommt. Also werdet ihr, wenn wir zu euch kommen, unsere Reiseleiter sein. Und du, Michele, wie willst du mich durch die Stadt führen, wenn du nichts weißt? Also, lies etwas!

Ich weiß schon so viel, dass ich dir ein Athen zeigen kann, das für dich unvergesslich sein wird. Besser gesagt, nicht nur die Stadt Athen, sondern du wirst auch meine Oma Athina kennenlernen, die du ebenfalls nicht so schnell vergessen wirst.

Mathe muss dir nicht peinlich sein. Schick mir die Aufgaben und ich werde sie für dich lösen. Ja, ich der »Alien«, wie du mich nennst, der Opern hört, statt Sport zu machen, sage dir, dass du mir deine Aufgaben schicken sollst. Ich löse jede Matheaufgabe und höre dabei Mozart. Das ist die ideale Kombination. Probier's mal aus!

Das war es, was ich dir schreiben wollte. Ich hoffe, dass du mir bald antwortest.

Tschüss,
Fotis

Von: fotispower@hellasnet.gr
An: michele.crismani@libero.it

Mein lieber Freund Michele,

zum Glück hast du mir noch deine E-Mail-Adresse geschickt. Die brauchen wir, damit ich bei bestimmten Themen Klartext reden kann. Völlig unmöglich in den Briefen!

Unsere Lehrerin, die Kosmas, liest alle Briefe, bevor wir sie abschicken. Sie sagt, dass sie das macht, um unsere Fehler zu korrigieren! Ich glaube etwas anderes. Wir sollen bloß nichts schreiben, was sie und die Schule blamiert. Außerdem will sie unser Leben ausspionieren. Alles will sie wissen, diese alte Tratsche. Zum Glück hat sie mit Computern nichts am Hut, und so können wir uns ungestört mailen.

Also, alles, was ich dir geschrieben habe, das habe ich vor allem geschrieben, damit sie es liest und nicht du. Nicht dass ich dich angelogen habe, aber ich habe dir auch nicht die ganze Wahrheit gesagt. Opern, zum Beispiel, finde ich echt super und ich stehe auf Arien. Aber dieses eine Mal beim Sport habe ich Eminem gehört. Den hat mir die Oma zu Hause verboten!

»Als Musik gilt nur die klassische Musik, alles andere ist Müll«, sagt sie immer.

Und ich sage: »Es gibt nicht nur eine Musik.«

Ich höre alle Arten von Musik, weil ich nicht einseitig sein will.

Das würde ich auch gern bei meinen Eltern so machen. Ich würde gerne beide Seiten hören, aber beide sagen mir bloß »das verstehst du nicht« und weg sind sie. So ist es auch mit meiner Schwester. Die fängt an zu kreischen, sobald sie mich sieht, nur weil ich nicht mit ihr spielen will. Stell dir mal vor: Ich setzte fast keinen Fuß mehr in die Wohnung meines Vaters, weil ich meine Schwester einfach nicht aushalten kann.

Wenn es Papa mal geregelt kriegt, dass wir uns treffen, dann gehen wir bummeln und ins Kino – ohne dass Oma weiß, was wir uns anschauen. Aber auch das kommt nur noch selten vor.

Über Oma werde ich dir übrigens in meinen Briefen nur Gutes berichten, weil sie und die Kosmas Freundinnen sind. Da bleibt nichts geheim, bei den beiden. Nur meinen Papa werde ich schlecht machen, weil die Kosmas das der Oma zuflüstert. Und die freut sich dann, dass ich endlich verstanden habe, was ich für einen Vater habe – einen, »der ihr kleines Mädchen zerstört hat« – und lässt mehr Taschengeld springen.

Und noch etwas: Alles, was ich dir über Mathe geschrieben habe, stimmt. Nur Mozart lege ich nicht als CD auf, sondern Oma spielt was von ihm auf dem Klavier. Deshalb sage ich dir: Ich lüge dich nicht an, aber ich schreibe dir auch nicht die volle Wahrheit. Check also deine Mails, denn außer blöder Werbung und Spam wirst du dort auch meine »Anfälle gnadenloser Ehrlichkeit« finden, die vieles erklären werden …

Viele Grüße,
dein Freund aus Griechenland.
Fotis

Lieber Fotis,

Schluss mit Triest, Datum und so weiter. Das sind doch nur Formalien, die Leute wie unser Direktor brauchen, wenn sie einen Elternbrief schreiben. Und jedes Mal, wenn ein solcher Brief von der Pierre Addobbati Schule Triest bei uns zu Hause eintrudelt ... Du ahnst, was dann los ist?

Damit will ich nicht sagen, dass solche Briefe jeden Tag bei uns ins Haus flattern, ganz so schlimm bin ich nun auch wieder nicht. Trotzdem habe ich einmal die Unterschrift meines Vaters gefälscht, als ich eine grottenschlechte Note in Geschichte hatte. Außerdem bin ich ein-, zwei-, vielleicht auch drei- oder viermal, auf keinen Fall aber mehr als zwanzigmal zu spät in den Unterricht gekommen. Vielleicht sollte ich auch noch hinzufügen, dass ich meine Mathehausaufgaben nur selten mache.

Jedenfalls hat der Direktor an meine Eltern geschrieben. Die haben sich dann nicht etwa über diesen Brief aufgeregt (Peanuts), sondern über mich. Eltern sind schon seltsam.

Deshalb kommt es mir wie ein Science-Fiction-Roman vor, wenn du schreibst, dass du deine Zimmertür hinter dir zugemacht hast, damit du meinen Brief in Ruhe lesen kannst. Ich muss die Tür zu meinem Zimmer seit anderthalb Monaten offen lassen. So wie in den Hochsicherheitsgefängnissen, wo Serienkiller wie Hannibal Lector rund um die Uhr unter Beobachtung stehen. Genau wie ich.

Mein Klassenkamerad Salvatore Collu ist übrigens kein Argentinier! Er ist Sarde, das habe ich dir doch geschrieben. Do you understand: SARDE! Er kommt aus Sardinien, das ist eine Region in Italien.

Warum klingt Collu im Griechischen komisch? Ist das etwa eine Beleidigung? Das interessiert mich. Antworte möglichst schnell.

Meine Eltern sind nicht geschieden. Das fehlte gerade noch. Allerdings wohnt meine Schwester Sara seit zwei Jahren nicht mehr bei uns, sondern ist mit ihrem Freund zusammengezogen. Sie ruft mich fast nie an, ich glaube, für sie bin ich gar nicht mehr auf der Welt. Irgendwie bin ich also schwesternlos.

Ich fände es toll, wenn du mit deiner Klasse zu uns kommen würdest … kommen tätest … kämest. Tut mir Leid, aber diese grammatischen Feinheiten habe ich noch nie verstanden. Jedenfalls würde ich mich freuen. Aber glaub ja nicht, dass ich den Fremdenführer spiele. So gut kenne ich mich in Triest nicht aus.

Außerdem habe ich mit dem Buch über Triest noch nicht einmal angefangen. Ich habe dir nur geschrieben, dass ich mir ein Buch holen WERDE. Aber vielleicht mache ich es wirklich.

Hast du eine Freundin? Ich mal mehr und mal weniger. Eher weniger. Irgendwann muss ich dir das näher erklären.

Also, wenn ich lerne … WENN ich lerne, dann höre ich dabei Ramones oder Eminem, Mozart höchstens einmal im Jahr … und das ist schon eine Ewigkeit her.

Das nächste Mal schreibe ich dir eine Mail und schicke dir einen von meinen *Mike Files*, das sind streng geheime Aufzeichnungen über mein Leben. Du musst mir versprechen, sie niemandem zu zeigen, aber wirklich niemandem. Vor allem deiner Lehrerin nicht, denn die würde womöglich alles der Juliano verpetzen. Und dann gäbe es wieder einen Brief des Direktors …

Dein Michele

Von: michele.crismani@libero.it
An: Fotispower@hellasnet.gr

Super Sache, das mit den E-Mails! Allerdings klingt meine E-Mail-Adresse etwas lausig, deine dagegen ist echt stark: Power!

Sich auf diese Weise auszutauschen, ist eine klasse Idee, denn wenn die Juliano wüsste, was ich hier schreibe: Die würde meine Briefe garantiert nicht abschicken. Und wenn mein Vater sie lesen würde, setzte es sofort eine schallende Ohrfeige.

Naja, dein Leben ist auch nicht gerade ein Wunschkonzert. Du scheinst gleich von zwei Spioninnen umringt zu sein: deine Oma und die Kosmas.

Übrigens haben meine Klassenkameraden die Nase schon ziemlich voll von der ganzen Briefschreiberei. Wir zwei sind die einzigen, die noch weitermachen. Wahrscheinlich wäre es ganz gut, wenn wir so tun würden, als hätten wir auch aufgegeben. Denn wenn meine Lehrerin rausbekommt, dass wir uns E-Mails schreiben, käme sie vielleicht noch auf den Gedanken zu fragen: »Aber Michele, warum zeigst du mir die E-Mails nicht einmal?«

Und was mache ich dann? Etwa unsere Geheimnisse preisgeben? Nein, mein lieber Fotis, es ist besser, wenn unsere Freundschaft geheim bleibt. Dann können wir über alles schreiben, was wir wollen. Drei-, viermal am Tag schaue ich in mein E-Mail- Postfach, aber nie ist etwas drin. Niemand schreibt mir. Niemand. Bis heute, als deine E-Mail gekommen ist.

Ich muss dir noch was sagen. Nimm's nicht persönlich. Soll ich? Okay, los geht's.

Am Anfang, als du mir diese streberhaften Briefe geschrieben hast, dachte ich echt, was ist denn das für ein Blödmann. Aber um ehrlich zu sein, jetzt finde ich dich richtig nett.

Ich schicke dir auch meinen ersten *Mike File*.

Tschüss,
dein Michele

Mike File 1

Nie wieder Zwiebeln

Es war an Arundhatis Geburtstag.

Ich muss ein bisschen ausholen, damit du die eigentliche Geschichte überhaupt verstehen kannst, Okay?

Also: Ich heiße Michele Crismani, wohne in Triest und bin 13 Jahre alt.

Mein Vater meint, ich würde zu viel reden. Das finde ich gar nicht. Im Gegenteil. Er und übrigens auch meine Mutter und meine Schwester, sagen einfach nicht genau, was sie wollen und was nicht. Und weil ich immer für ein deutliches Wort zu haben bin und ihnen die Wahrheit unter die Nase reibe, regen sie sich über mich auf. Dabei sage ich nur meine Meinung. Was wahr ist, ist wahr, oder?

Warum hältst du nicht endlich mal den Mund, würde mein Vater jetzt sagen.

Tatsache ist, dass meine Eltern eine sehr eingeschränkte Sicht auf die Dinge haben. Der Blickwinkel, aus dem sie die Welt und das Geschehen um sie herum wahrnehmen, ist zu eng.

(Den letzten Teil des Satzes habe ich in einem Schulbuch gelesen. Nicht, dass ich hundertprozentig wüsste, was damit gemeint ist, aber der Satz macht was her und deshalb habe ich ihn übernommen).

Um es kurz zu machen: Am Freitagnachmittag sind Martin, Laura, Paola und ich das Geburtstagsgeschenk kaufen gegangen: eine Greatest Hits-CD von Madonna (später haben wir erfahren, dass Arundhati Madonna zum Kotzen findet) und einen Sammelband mit allen Geschichten von Kamo von Daniel Pennac (wir wussten, dass sie die noch nicht kennt, also bestand Hoffnung).

Wie jeden Samstag war die Schule um Viertel vor zwei zu Ende. Es ist schon prinzipiell unmenschlich, an einem Samstag so lange Schule zu haben. Aber ich war zusätzlich noch stinksauer, weil die Juliano uns einen Aufsatz aufgegeben hatte (bis Montag! Eine Zumutung! Wie kann man seinen Schülern nur so das Wochenende versauen?). Und dann noch ein superkompliziertes Thema wie: »Unterschiede zwischen den Kulturen: Neue Perspektiven in der multikulturellen Gesellschaft«.

Jedenfalls bin ich dieses Mal sofort nach Hause gegangen, ohne mich wie sonst ein bisschen mit meinen Mitschülern zu prügeln. Dann habe ich mein Essen runtergeschlungen, wie in einem Cartoon, nur damit ich pünktlich war. Pünktlich für die Party, nicht für den Aufsatz. Die Hausaufgaben würde ich am Sonntagabend erledigen. Oder am Montagmorgen. Oder noch besser: Kurz bevor ich in die Schule muss, würde ich so tun, als ginge es mir nicht gut. Zu dreißig Prozent fällt meine Mutter darauf herein. Jedenfalls war der Aufsatz ein Problem der Zukunft und nicht der Gegenwart.

Kaum hatte ich zu Hause die Tür geöffnet, wurde mir schlagartig klar, wie schön die Welt sein konnte. Schon im Flur roch es so würzig und verlockend, dass man die Luft hätte in Flaschen abfüllen und verkaufen können: Meine Mutter hatte Tortellini mit Fleischsoße gemacht, eines meiner absoluten Lieblingsessen. Vor allem, weil meine Mama eine Supersoße macht, mit vielen in Olivenöl angebratenen Zwiebeln, Karotten, Peperoni und Sellerie. Als ich klein war, amüsierte sich meine Familie immer köstlich, weil sie noch nie ein Kind gesehen hatte, das mit so viel Begeisterung Berge von Pasta herunterschlang.

Meine Mutter war im Schlafzimmer und machte die Betten. Das nutzte ich aus und schlich mich in die Küche. Den Schulranzen noch auf dem Rücken, hob ich den Deckel vom Topf. Ein köstlicher Geruch stieg mir in die Nase (lecker) und der heiße Dampf in die Augen (ganz schlecht). Mit dem Kochlöffel tauchte ich in die Soße, pustete, damit ich mir nicht die Zunge verbrannte, und dann ab damit in den Mund!

Ich hätte den ganzen Topf wegputzen können.

Unser Kater Groucho saß auf dem Boden und knabberte an den Fleischresten, die meine Mutter für ihn beiseite gelegt hatte. Es schmeckte ihm offensichtlich genauso gut wie mir.

»Michele«, hörte ich eine Stimme.

»Ciao Mama. Es gibt nichts Neues in der Schule, du musst gar nicht erst fragen.«

»Bevor du so schlaue Sprüche klopfst, könntest du wenigstens deinen Rucksack absetzen! Und den Anorak ausziehen (Woher wusste sie nur?)! Und zieh die Hausschuhe an! Und …«

Während ich die Ohren auf Durchzug stellte, um nicht die ganze Litanei hören zu müssen, die sie jeden Tag herunterleierte, nahm ich einen zweiten Löffel Soße. Aber dieses Mal hatte ich das Pusten vergessen und verbrannte mir gehörig die Lippen, die Zunge und sogar den Rachen und die Speiseröhre. So schnell konnte ich gar nicht ausspucken. Meine Mutter konnte Spucken nicht ausstehen. Einmal hat sie mir sogar eine gescheuert (aber erst, nachdem wir wieder zu Hause waren), als ich am Tisch bei Freunden das

Essen, das mir nicht schmeckte, einfach wieder ausgespuckt hatte. Gerade wenn wir eingeladen sind, achtet sie besonders darauf, dass (oder das?) ich mich gut benehme. Diese verflixten KOMMAS und dieses DAS!

Dann schaltete ich meine Ohren wieder auf Empfang, vielleicht hatte ich ja etwas Interessantes verpasst.

»... Hände waschen!«

Ich schaltete zurück auf Durchzug und ging in mein Zimmer.

Rucksack absetzen!

Schuhe wechseln!

Anorak ausziehen!

Kopf runter!

(Kleiner Scherz!)

Was sollte ich auf Arundhatis Fete anziehen?

Ob wohl außer mir und meinen Freunden nur Inder eingeladen waren?

Wahrscheinlich, Inder oder Pakistani. Denn Arundhatis Vater arbeitet in einem Forschungszentrum für Theoretische Physik hier in Triest und forscht über Protonen, Photonen, Alphateilchen und Supersamba Megateilchen (habe ich gerade erfunden). Jedenfalls ist er Wissenschaftler.

Das heißt, wenn ein hochgradig radioaktiver Asteroid mit Feuerschweif aus einer fernen Galaxie auf die Erde zurasen sollte, wie in diesen Katastrophenfilmen, könnte ich ein Raumschiff besteigen (alleine natürlich, denn das ist eine »mission impossible«) und die Welt retten. Und wenn ich dann die Atmosphäre verlassen habe, wird sich im Raumschiff eine Luke öffnen und Arundhati erscheint, die ihr Leben aufs Spiel setzt, um mich nicht alleine zu lassen. Dann fallen wir uns in die Arme und küssen uns. Musik erklingt und auf der Leinwand ... Ich weiß nicht genau, wie der Film weitergeht, aber wahrscheinlich gelingt es uns nach zahllosen Abenteuern die Welt zu retten. Allerdings ist heute erst mal Party angesagt.

Was ziehe ich an?

Einen Turban, wie die Inder?

Warum klingt Inder eigentlich so ähnlich wie Indianer? Die haben doch gar nichts miteinander zu tun. Die leben doch in ganz entfernten Ländern.

Aber was ziehe ich an?

Hemd? Kapuzenpulli? Wird es warm oder kalt sein? Klar, wir haben Januar und im Freien ist es eiskalt, aber vielleicht ist ihr Haus stark geheizt? Ob ihre Eltern nur Indisch sprechen? Oder Englisch? Oder »Pidgin-English«, wie in den Bollywoodfilmen?

Während ich darüber nachdachte und darauf wartete, dass meine Mutter mich zum Mittagessen rufen und in der Kleiderfrage beraten würde, drang plötzlich ein penetranter Geruch in meine Nase. Keine Ahnung, woher der kommen könnte. Ich schnüffelte an meinen Achselhöhlen. Nicht berühmt, aber ganz o.k.

Ich drehte meine Schuhe um. War ich in Hundekacke getreten? Alles, was ich sah, war ein platt getretener Kaugummi. Naja, der Gestank würde schon wieder verschwinden.

Er verschwand nicht.

Als ich mich mit Laura, Paola und Martin vor unserer Schule traf, schaute mich mein Freund an und rümpfte die Nase. Genau wie das Zwergkaninchen meiner Schwester Sara. Meiner Meinung nach gab sie ihm zu viel zu fressen, denn das Tier hockte immer nur bewegungslos im Käfig und war deshalb fett wie ein Schwein.

»Was ist?«, fragte ich Martin, nachdem er mit dem Schnüffeln aufgehört hatte.

»Wo warst du denn?«

»Zu Hause. Warum?«

»Du stinkst nach Kneipe.«

»Genau«, pflichteten Laura und Paola bei, »wie eine Pommesbude.«

»Hä?«

Martin, der alte Streber, setzte noch eins drauf: »Wie eine Pinte, ein Fastfood-Laden, ein Pizza-Take-away und so weiter.«

»Schon gut, hört auf. Ich hab's kapiert.«

»Nach Zwiebelsoße«, fügte Paola hinzu.

»Ist ja gut, Botschaft angekommen, ich bin ja nicht blöd.«

Stimmt. Ich hatte es leider nur zu gut verstanden. Obwohl ich mich komplett umgezogen hatte. Runter mit den Klamotten vom Mittagessen. Jetzt trug ich ein schwarzes Hemd, schwarze Jeans und schwarze Stiefel. Ich sah aus wie einer aus »Die Krähe«, diesem gruseligen Horrorfilm. Hoffentlich brachte das kein Unglück. Ich stellte mir lieber einen anderen Film vor: »Matrix« zum Beispiel.

Ich hatte mich zwar komplett umgezogen, etwas hatte ich leider vergessen: die Haare!

Das war's. Ich hatte vergessen, mir die Haare zu waschen.

Und deshalb haftete der Geruch von Mamas Zwiebelsoße an mir wie der Kaugummi unter meinen Schuhen. Warum war sie nur gerade heute auf die Idee gekommen, Zwiebeln anzubraten?

Michele, keine Panik: Vielleicht merkt es niemand.

Wie bitte?

Kannst du das noch mal wiederholen, Michele?

Vielleicht merkt es niemand.

Die berühmten letzten Worte.

Erinnern wir uns an diesen Satz. Er wird in die Geschichte eingehen.

Um zu Arundhati zu kommen, mussten wir den 38er-Bus nehmen. Klein, aber wendig (Vierradantrieb). Der Bus schlängelte sich die Via Bonomea hoch, eine Straße, die so steil ist, dass man wirklich Angst bekommen kann. Ich kam mir vor wie bei den Verfolgungsjagden in den Straßen von San Francisco. Wenn sie diese Krimiserie hier in Triest drehen würden und Mut zu echter Action hätten, wäre der Schauplatz die Via Bonomea. Wer weiß, wie oft sie bei den Dreharbeiten im Meer landen würden!

Ich betrachtete den Fahrer. Er war jung und sah ziemlich gesund aus, also keine Gefahr für einen Herzinfarkt am Steuer.

Während der Fahrt stellte ich mir vor, wie aufregend eine Verbrecherjagd die Via Bonomea hinunter wäre, mit einem … einem? Ich hatte nicht mal einen Mofaführerschein, nur ein klappriges Fahrrad.

Jedenfalls träumte ich so vor mich hin und dann waren wir auch schon da.

Wir stiegen aus.

Oben empfing uns die Bora, ein für Triest typischer kalter Wind, der sowohl Menschen als auch Häuser gehörig durchschüttelt. Er dringt durch jede Ritze, pfeift durch die Klamotten und lässt selbst deine Gefühle einfrieren. In den Windböen schwankten wir hin und her wie zarte Schößlinge (toller Vergleich, was? Ich verstehe ihn nicht ganz, aber ich habe so was Ähnliches in einem Schulbuch gelesen).

Keiner von uns vier Schößlingen war schon einmal bei Arundhati gewesen, deshalb haben wir einen dunkelhäutigen Typen gefragt, der mit uns aus dem Bus gestiegen war. Er sprach kein Italienisch, aber er lächelte und winkte, wir sollten ihm folgen. Ob er wohl ein indischer Verwandter von Arundhati war? Oder ein Verbrecher, der uns in eine düstere Gasse zerren würde, wie in »Indiana Jones«?

Oder ins Gefängnis von Shankara?

Ob er uns der Göttin Kali opfern wollte?

Nichts. Plötzlich standen wir vor einem ganz normal aussehenden Haus. Gemeinsam mit dem dunkelhäutigen Typen (er hatte einen Schlüssel), gingen wir hinein. Wer war das bloß? Arundhatis Vater. Wie peinlich.

Ihre Mutter trug eines von diesen engen langen Gewändern, die indische Frauen auch immer in Filmen anhaben (sie heißen Sari, hat mir Martin später erklärt. Martin, der Alleswisser, das Lexikon für Arme), und hatte einen Punkt zwischen den Augen. Er wird das »dritte Auge« genannt.

Stark. Superstark. Später habe ich mir auch einen Punkt auf die Stirn gemalt. Meinen Vater hat fast der Schlag getroffen. Ich hätte ihn vor die Alternative stellen können: »Papa, entweder das oder Sneakers.« Die will er mir partout nicht kaufen, weil er meint, das seien Schuhe für Obertrottel.

Inzwischen lachte und scherzte Arundhatis Vater mit uns. Der Wissenschaftler heißt übrigens mit Nachnamen Nambudiripad. Wie kann man nur? Was ist das für ein komischer Name? Dann fiel mir aber ein, dass die Inder über Crismani wahrscheinlich auch lachen würden. Er sprach Englisch, was ich … nun ja, ich bin nicht gerade DIE Leuchte in Englisch.

Von fünfzehn Wörtern verstand ich ungefähr eines. »Very nice … italian boy … very very italian smelly …«

Arundhatis Vater lächelte und sah mich an, seine Frau ebenfalls (auch mit dem dritten Auge?). Ich lächelte zurück (ein bisschen Englisch kann ich immerhin auch). Laura und Paola lächelten und taten so, als wüssten sie genau, um was es geht. Martin brüllte vor Lachen und schlug mir auf die Schulter. Er konnte gar nicht mehr aufhören. Das machte mich ein bisschen nervös, weil ich anscheinend der Einzige war, der auf dem Schlauch stand. Ich bemerkte, dass Arundhati unter ihrer braunen Haut rot geworden war und mich ansah, als ob ihr die Situation ziemlich peinlich wäre.

Was hatte ich getan?

Was war los?

Was wollten sie nur von mir?

Warum sagte mir niemand, was Sache war?

Dann versuchte Frau Nambudiripad mir zu erklären, um was es ging. Allerdings war ihr Italienisch noch schlechter als das von meinem kleinen Cousin Andrea (und der ist drei): »Nicht beleidigt sein. Wirklich gut. Mein Mann sagt, du riechst wie echte italienische Soße. Nun …«

Für mich ist es nichts Neues, mich zu schämen (ich schäme mich oft, vielleicht sogar zu oft). Aber in diesem Augenblick wäre ich am liebsten im Erdboden versunken. Rot wie eine vollreife Tomate, versuchte ich krampfhaft ein verschmitztes Lächeln aufzusetzen, aber eigentlich hätte ich am liebsten geheult. Vor allem, weil alle anderen (außer Arundhati) sich immer noch nicht beruhigt hatten und vor sich hin kicherten.

Plötzlich drangen exotische Gerüche aus der Küche. Unverwechselbar indisch: Five Spice Powder, Nuoc Nam, Garam Masala, Pickle, Chutney. Alles Gewürze, deren Namen ich zum allerersten Mal hörte (und roch). Meine Mama kocht ja nur ganz banal italienisch. Frau Nambudiripad dagegen hatte gezaubert. Und dann, als alle diese indischen Köstlichkeiten vor uns standen, überlegte ich: Sollte ich es sagen oder nicht?

Ich tunkte ein Stück Fleisch in die scharfe Soße und grübelte. Ich verschlang das Geflügelcurry mit Ei und grübelte: Sagen oder nicht sagen?

Als das Dessert auf den Tisch kam, Joghurt-Creme mit Pistazien, hatte ich mich entschieden: Ich würde ihnen offen und ehrlich sagen, dass auch indisches Essen ziemlich intensiv roch.

Ich öffnete den Mund und stammelte:

»Tuu iur fud puzz.«

Die Geburtstagsgäste prusteten vor Lachen. Zuerst meine blöden Klassenkameraden und dann auch die Inder, die zuerst nicht verstanden hatten, was ich sagen wollte. Bis Martin mein Kauderwelsch übersetzte: »Michele says too your food smell hard«.

Jetzt gab es kein Halten mehr …
Arundhatis Vater lachte.
Seine Frau lachte (auch mit dem dritten Auge).
Meine Freunde lachten.
Arundhati lachte.
Und ich lachte schließlich auch.
Mir ging es bombig und das aus verschiedenen Gründen:

1) *Ich hatte superlecker gegessen (es gab noch die Mandelplätzchen)*
2) *Arundhati ist wirklich süß (morgen würde ich sie anrufen)*
3) *Auch wenn das sicher nicht genial war: Jetzt wusste ich, was ich in meinem Aufsatz über die Unterschiede in der multikulturellen Gesellschaft schreiben würde.*

Trotz allem: Meine Mutter hatte mich zum Deppen gemacht. Dafür musste sie büßen. Von wem hatte sie nur die Schnapsidee, Fleischsoße zu den Tortellini zu machen? Und zu allem Überfluss noch mit in Olivenöl angebratenen Zwiebeln? Die italienische Küche ist ja so was von banal …

Mein lieber Freund Michele,

über unsere Brieffreundschaft habe ich mich sehr gefreut. Selbst bei den wenigen Briefen, die wir uns geschrieben haben, habe ich gemerkt, dass wir uns ähnlich sind. Wir lachen über die gleichen Witze und sind aus den gleichen Gründen traurig.

Sag mal, hast du von deiner Lehrerin schon gehört, dass das Schüler-Austausch-Programm für dieses Schuljahr nicht bewilligt wurde? Schade, nicht? Dann kommt ihr also doch nicht nach Athen und wir nicht nach Triest. Frau Kosmas sagte aber, dass sie im Sommer einen neuen Antrag stellen wollen. Vielleicht ändert die Europäische Kommission ja ihre Meinung.

Traurig möchte ich dich darum bitten, dass wir für kurze Zeit unseren Briefwechsel unterbrechen. Ich brauche mehr Zeit zum Lernen und für meinen Musikunterricht. Das Gleiche möchte ich dir auch empfehlen. Wir können uns im Sommer wieder schreiben, da ja die Möglichkeit besteht, dass wir uns danach im September treffen.

Auch meine anderen Mitschüler haben mit den Brieffreundschaften aufgehört. Einigen wurde es zu langweilig, anderen war es zu anstrengend, in einer Fremdsprache zu schreiben, und andere wiederum konnten an dieser Geschichte einfach nichts Interessantes finden.

Ich selbst gehöre zu keiner dieser Gruppen. Du auch nicht, glaube ich.

Wir sind eine eigene Gruppe, wir beide, und die heißt: »Michele – Fotis«.

Du bist ein Freund; ich schreibe dir wieder, wenn die Prüfungen vorbei sind. Jetzt muss ich lernen!

Mein lieber Freund, alles Gute beim Lernen.
Fotis

Lieber Fotis,

eine schöne Freundschaft ist das. Deine Antwort klingt ja mächtig begeistert! Was ist denn los? Wir waren doch gerade dabei, Freunde zu werden. Ich habe dich sogar in meine intimen Geheimnisse eingeweiht (und wollte dir gerade einen weiteren *Mike File* schicken)! Und du?

Bei dir kommen erst die Schule, dann die Hausaufgaben und noch tausend andere Sachen: Für mich ist da natürlich keine Zeit.

Ich bin ja so ein Idiot! Ich hatte mir tatsächlich eingebildet, einen guten Freund gefunden zu haben. Aber was reg' ich mich auf, bringt ja doch nichts.

PS: Lerne so viel wie du willst. Allerdings wirst du dann bald keine Freunde mehr haben.

Von: fotispower@hellasnet.gr
An: michele.crismani@libero.it

Hallo Michele, mein Freund,

du hast doch wohl nicht alles geglaubt, was ich dir im Brief geschrieben habe? Ich hoffe, unsere Lehrerinnen freuen sich darüber, dass wir unseren Briefwechsel für kurze Zeit unterbrochen haben, einzig und allein deswegen, um mehr Zeit zum Lernen zu haben! Wir machen aber trotzdem weiter … mit unseren Mails, okay?

Ich antworte dir jetzt auf alles, was du mir geschrieben hast:

Michele, ich habe da was verwechselt und geglaubt, dass dein Freund aus Argentinien kommt, obwohl er aus Sardinien stammt. Aber egal, wo er nun her ist, er heißt nun mal Collu und auf Griechisch bedeutet das: Po. Popo. Hintern. Oder wie soll ich es sonst noch sagen? Arsch eben! *Ass* auf Englisch.

Du hast wirklich Glück, dass deine Schwester mit ihrem Freund ausgezogen ist. Was soll ich erst sagen? Meine ist noch klein und quält mich jedes Mal, wenn ich zu Papa nach Hause komme.

Gestern bin ich da vorbeigegangen, um meinen Vater zum Fußball abzuholen. Weißt du, das Einzige, was wir gemeinsam haben, ist unser Nachname und unsere Fußballmannschaft *Panathinaikos*.

Zu Oma hatte ich jedoch gesagt, dass ich mich mit Papa treffe, damit er mir etwas in Mathe erklärt.

Oma findet Fußball und Papa nämlich grauenhaft. Was hätte ich tun sollen? Ich habe ihr also eine kleine Lüge aufgetischt. Und in Mathe ist Oma eine echte Niete.

Vielleicht möchtest du mich jetzt fragen »Und was ist mit deiner Mama?«

Also, Mama ist mal wieder auf Dienstreise. Eine gute Gelegenheit, mit Papa ins Stadion zu gehen.

Weißt du, was ich glaube? Wenn es Mama vor dem Stadion graust, und Papa vor der Oma, dann überkommt Papas Frau gleich doppelt so heftig das Grauen, wenn ich zu ihnen nach Hause komme, und meine Schwester, wenn ich sie nicht beachte. Vorgestern wollte ich mit einem Game Boy spielen, der meinem Vater gehört. Auch wenn er schon fünfundvierzig ist. Er spielt stundenlang, sogar im Krankenhaus. Die Kleine wollte, dass ich mich mit ihr beschäftige, und was hat sie gemacht? Sie hat ihre ganze Limo auf den Game Boy gekippt.

Unterm Strich:

- der Game Boy muss zur Reparatur.
- der Papa außer sich. Er wollte auf keinen Fall mehr mit mir ins Stadion gehen.
- seine Frau gut gelaunt. Sie hatte völlig Recht damit, dass sie mich nicht im Haus haben will.
- ich traurig. Das Stadion war für mich gestrichen.
- die Kleine fröhlich. Sie hatte ein solches Chaos veranstaltet.

Deshalb lass dir gesagt sein: Sei bloß froh, dass deine Schwester ausgezogen ist!

Jetzt zu deiner Frage, ob ich eine Freundin habe. Also, ich hatte mal eine, aber ich weiß nicht, ob sie überhaupt noch mit mir sprechen will.

Und noch was: dein *Mike File 1* hat mir super gut gefallen (Wie ätzend! Ihr müsst auch am Samstag in die Schule?).

Für mich bedeutet es echt viel, dass du mir deine Geheimdateien schickst. Weißt du, ich führe auch so eine Art Tagebuch. Nein, ich schreibe nicht jeden Tag, und ich notiere auch nicht, was mir so alles passiert. Ich schreibe einfach nur im Computer ein paar Ereignisse mit allen Einzelheiten auf, die mich glücklich gemacht haben. Diese Dateien habe ich *Happy Days* genannt.

Ich benutze den Computer, weil:

- Oma ihn nicht mal anschalten kann.
- Mama keine Zeit dazu hat, in meinen Dateien herum zu schnüffeln.
- es ausgeschlossen ist, dass Papa einen Fuß in Omas Wohnung setzt.

Ich muss dir gestehen, dass ich nicht mal meinen Freunden gesagt habe, dass ich schreibe. Es ist mir peinlich.

Du hast richtig gehört.

Es ist mir PEIN – LICH. Genauso wenig, wie ich will, dass mich die anderen nackt sehen, wenn ich mich in der Umkleidekabine umziehe, genauso wenig will ich, dass sie lesen, was ich schreibe.

Aber du bist ein Freund, der weit weg ist, und dir kann ich mich anvertrauen. Außerdem, wie solltest du mich verraten, selbst wenn du es wolltest? Wem solltest du meine Geheimnisse ausplaudern?

Lies also, wie das alles gewesen ist. Ich glaube, ich hatte mal eine Freundin, aber das war einmal.

Im Anhang meine *Happy Days 1* – ganz für dich!

HAPPY DAYS 1

Von: michele.crismani@libero.it
An: fotispower@hellasnet.gr

Wenn du glaubst, ich wäre auf deinen Brief reingefallen, dann hast du dich getäuscht. Mir war natürlich sofort klar, dass du es nicht ernst meinst und es nur darum ging, die Kosmas zu täuschen. Nur ein Idiot hätte deinen Brief ernst genommen. Aber ein cleverer Typ wie ich …

Doch nun zu deinen Fragen: Ich liebe Fußball und bin Inter-Fan (du weißt schon, Inter Mailand). Aber im Moment überlege ich gerade, den Verein zu wechseln, denn Inter gewinnt nie und ich habe langsam keine Lust mehr, immer für die Verlierer zu sein. Vielleicht Juventus Turin oder AC Mailand? Was meinst du dazu? Wäre das Verrat?

Wenn ich wüsste, dass mir jemand beim Umziehen in der Schulsporthalle zuschauen würde (ich bin nur ein Strich in der Landschaft), wäre das die Hölle für mich. Mein rotes Gesicht könnte man dann als Ampel verwenden.

Meine Schwester Sara hat mir eine super CD gebrannt: Sie heißt *Don't worry about me* (Im Gegensatz zu mir weißt du bestimmt, was das heißt, oder?). Ich habe die Stereoanlage volles Rohr aufgedreht, denn ich bin allein. Wenn meine Eltern zu Hause wären, würden sie garantiert ausflippen. »Michele, mach das sofort leiser.« Ihr Geschrei wäre dann bestimmt noch lauter als meine Musik …

Die CD ist von Joey Ramone. Da ist ein Stück drauf, das ich schon kannte. Es heißt *What a wonderful world.* Ich habe den Song schon im Fernsehen gehört, er lief bei einer Werbung für irgendetwas, an das ich mich nicht mehr erinnere.

Meine Schwester hat erzählt, dass Joey das Stück kurz vor seinem Tod aufgenommen hat. Ich sage dir lieber nicht, an welcher Krankheit er gestorben ist, allein der Name bringt Unglück. Er fängt jedenfalls mit »Kr« an und hört mit »bs« auf. Meine Schwester fand es jedenfalls toll, dass jemand, der todkrank ist, davon singt, wie schön die Welt ist.

Ich wechsele lieber das Thema, denn ich schreibe nicht gerne über traurige Dinge. Stell dir vor, ich habe mir noch nicht mal »Titanic« angesehen, denn ich wusste ja, dass es schlecht ausgehen würde, und ich wollte auf keinen Fall in der Öffentlichkeit heulen. Als einige aus meiner Klasse den Film bei Martin auf DVD angeschaut haben, bin ich nicht mal hingegangen. Ich werde nicht nur rot, weil ich ein Klappergestell mit mikroskopisch kleinen Muskeln bin, sondern auch, wenn ich weinen muss.

Wie ist das bei dir? Am schlimmsten ist, wenn man weinen muss UND andere einen nackt sehen.

Was willst du mal machen, wenn du erwachsen bist?

Ich schwanke zwischen:

1) Lottomillionär (gibt's Lotto auch in Griechenland?),
2) Fußballprofi,
3) Schauspieler,
4) Kommissar (so einer wie im Fernsehen),
5) Rockstar.

Aber leider spiele ich kein Lotto, im Fußball bin ich eine Null, Verbrecher machen mir Angst und musikalisch bin ich auch nicht. Aber ich singe gerne und vielleicht mache ich bei einer Band mit.

Bleibt noch Schauspieler. Das scheint meine starke Seite zu sein. Mein Vater sagt immer zu mir: »Michele, mach keine Schau«, oder »Michele, hör auf mit dem Theater.«

Wie wird man eigentlich Schauspieler, so wie Brad Pitt oder Keanu Reeves?

Jetzt muss ich lernen, denn morgen schreiben wir Geschichte und von der Renaissance in Italien weiß ich so gut wie nichts.

Nach dieser Schufterei werde ich deine *Happy Days 1* lesen.

Dein Freund Michele

PS: Um ehrlich zu sein: Ich bin doch auf den Brief reingefallen. Und ich war stinksauer. Ich dachte wirklich, dass du ein Idiot wärst, aber das denke ich jetzt nicht mehr.

Von: fotispower@hellasnet.gr
An: michele.crismani@libero.it

Happy Days 1

Meine Schule ist super. Ich bin dort schon seit der ersten Grundschulklasse! Und trotzdem, seit ich groß bin und ins Gymnasium gehe, sehe ich auch die ganzen Nachteile. Meine Eltern und meine Oma hätten bestimmt nichts dagegen, wenn ich wechseln wollte. Sowieso ist es eine teure Privatschule. Aber ich möchte meine Freunde nicht verlieren. Wir sind schon seit unseren Babytagen eng befreundet. Ich habe es irgendwie nicht gelernt, mit anderen Leuten zusammen zu sein. Man könnte sagen, dass ich auch etwas unsozial bin und mich nicht so leicht anschließe. So kam es jedenfalls, dass keiner von uns auch nur einen Gedanken daran verschwendete, die Schule zu wechseln, selbst damals nicht, als wegen des Schulstreiks eine richtige Revolution ausbrach.

Was genau passiert ist?

Ein echter Schulstreik!

Jawohl, Fernbleiben vom gesamten Unterricht.

Der Grund dafür?

Eine ungerechte Strafe des Lehrerkollegiums.

Genauer gesagt ging es um Thodoris, einen Jungen aus der ersten Lyzeumsklasse, in den alle Mädchen vom Gymnasium verknallt sind, weil er … nein, groß ist er nicht, auch nicht besonders durchtrainiert, obwohl er ständig Basketball spielt, sondern, weil er … ein Rocker ist. Ja, genau, ganz sicher. Und alle Mädels schmachten ihn an, wenn er Gitarre spielt.

Also, bei einer Mathearbeit hat er sich beim Lehrer

beschwert, dass die Themen zu schwer wären und sie den Stoff nicht durchgenommen hätten. Der Lehrer, der immer schwere Aufgaben stellt, schnauzte ihn an, er solle seine Arbeit machen und schreiben und nicht die Themen kritisieren. Da bekam Thodoris die Krise. Er warf ihm das Blatt vor die Füße und sagte zu ihm: »Alter Kotzbrocken«. Bevor der Lehrer den Mund aufmachen konnte, öffnete Thodoris die Tür und verließ die Klasse. Der Lehrer verlangte, dass ihm eine Fehlstunde angerechnet wird, so als habe er ihn selbst vor die Tür gesetzt, und wir dachten schon, dass die Sache damit erledigt sei.

Am nächsten Tag, nach dem Morgengebet, verkündete der Direktor des Lyzeums zusammen mit dem des Gymnasiums, dass das Lehrerkollegium mit Bedauern beschlossen habe, Thodoris von der Schule zu verweisen.

Da war vielleicht was los! Thodoris nahm Anlauf und sprang über das Schulhoftor auf die Straße. Viele Freunde von ihm rannten hinterher, aber auch Mädchen, die ihn ja so gern trösten wollten. Ein ziemlich durchtrainierter Typ aus der zweiten Lyzeumsklasse (es heißt, er trainiert mit Gewichten) packte das Tor, zerbrach das Schloss und stieß es auf. Das war's jetzt! Wir stürzten alle aus dem Schulgelände.

Das war Glück pur! Der Anlass war eigentlich nicht so wichtig, aber jahrelang aufgestaute Unterdrückung hatte genau auf diesen Tropfen gewartet, um jetzt überzulaufen und wie ein unkontrollierbarer Sturzbach loszubrechen.

Ich war zusammen mit Dimitris, Marina, Christos, Jorgos und mit »ihr«.

Mit welcher »ihr«?

Mit Eleni, die überall erzählt, dass sie meine beste Freundin ist, und ich sage das ja auch! Außerdem ist sie das wirklich. Nur, dass ich sie nicht bloß als einfache Freundin ansehe! Ja, ich würde gern so richtig mit ihr zusammen sein.

Uff! Jetzt ist es raus. Ich hatte es nicht einmal zu flüstern gewagt. Nicht einmal vor mir selbst konnte ich es zugegeben.

Eleni geht immer mit größeren Jungen und will mich als Ergänzung. Du kannst dir nicht vorstellen, wie sehr ich jedes Mal darunter leide, wenn ich ihr einen guten Rat geben muss. Sie fragt mich, was sie tun soll, um mit einer von diesen langen Latten, in die sie verliebt ist, etwas anzufangen oder Schluss zu machen oder mit ihnen auszugehen oder wie weit sie mit ihnen gehen soll.

In letzter Zeit war sie in Thodoris verliebt. Ein unerreichbarer Traum, denn den wollte die gesamte weibliche Bevölkerung der Schule. Warum sollte er ausgerechnet sie beachten, wo sie auch noch viel jünger war? Sie hat total gelitten! Aber durch den Schulstreik fand sie die Gelegenheit, ihm ihre Gefühle zu zeigen.

»Fotis, komm, gehen wir auch«, sagte sie, als sie sah, dass die anderen auf die Straße liefen.

»Warte, lass uns mal überlegen ...«, quetschte ich heraus. Doch ihre Antwort kam wie aus der Pistole geschossen.

»Was denn noch überlegen? Thodoris wird durch den Schulverweis sitzen bleiben. Außerdem ist er gestern zu dem Lehrer gegangen und hat ihn um Entschuldigung gebeten, und der hat ihm gesagt, dass er das Thema nicht vor das Kollegium bringt. Sie haben ihn betrogen und mit ihm alle anderen Schüler auch. Ich gehe jetzt hin.«

»Warte, ich komme mit!«

Wir gehörten zu den wenigen aus unserer Klasse, die bei dem Schulstreik mitmachten. Wir sind jünger. Einige von uns wussten nicht wirklich, was passiert war, und Thodoris interessierte sie auch gar nicht. Manche hatten auch Angst, Fehlstunden zu bekommen und sitzen zu bleiben. Andere wiederum wussten genau, wie ihre Eltern reagieren würden oder befürchteten, dass ihnen ihr Schulstipendium gestrichen wird.

Draußen auf der Straße checkten die Älteren uns Jüngeren mit ihren Blicken ab. Die Mädchen kannten sie, aber mich hatten sie nie auch nur beachtet. Und jetzt war ich da, bei ihnen, und machte beim Schulstreik mit.

»Super von ihm«, hörte ich sie sagen.

»Wen meinst du?«

»Na, den da. Der mit dem klassischen Musikunterricht. Mensch, komm schon, den kennst du, den bringt die Oma immer zur Schule, diese Freundin von der Kosmas. Der immer mit diesem Speedy unterwegs ist, mit dieser Eleni?«

»Ah, verstehe! Ich hätte nie gedacht, dass er mit uns auf die Straße gehen würde, um den Unterricht zu bestreiken«.

Kurz darauf kamen Lehrer, die bei den Schülern beliebt waren. Sie sollten uns dazu bringen, reinzugehen und das Ganze zu diskutieren. Als sie merkten, dass wir nicht umzustimmen waren, gingen sie zu Plan B über. Jetzt schickten sie uns strenge, unsympathische Lehrer. Die sagten uns, dass sie unsere Eltern anrufen und über alles in Kenntnis setzen würden.

»Was sollen wir bloß tun?«, fragte Eleni mich verzweifelt.

»Wir müssen uns etwas einfallen lassen.«

»Aber kapierst du es denn nicht? Sie werden alles so hindrehen, wie sie es wollen. Und dann kannst du mal meine Mutter sehen, wie sie in Polizeiuniform angerauscht kommt und mich festnimmt.«

»Gehen wir zu Telis nach Hause«, schlug ich vor. »Der wohnt hier ganz in der Nähe. Da rufen wir sie dann als Erste an!«

Sie schaute mich mit ihren leuchtenden Augen voller Bewunderung an. Ich schmolz dahin. Ich nahm ihre Hand, und wir gingen zu Telis nach Hause, der zwei Blocks von der Schule entfernt wohnt. Telis ist ein gutmütiger Mitschüler von uns. Sein Vater hat sehr viel Geld, und Telis macht sich für den Unterricht nicht gerade kaputt.

Als wir ankamen, schlief er noch. Wir erklärten ihm, was

passiert war und machten sofort unsere Anrufe, zuerst bei meiner Oma und dann bei Elenis Mutter.

»Sie machen ihm alles kaputt, Mama. Verstehst du? Wir werden auf keinen Fall wieder reingehen, wenn sie uns nicht garantieren, dass er versetzt wird. Hier, sprich auch mit Fotis. Der kann dir alles erklären …»

Ich war es mal wieder, der ihre Mutter überzeugen konnte. Sie hatte einfach eine Schwäche für mich und vertraute mir. Als ich sie beruhigt und den Hörer auflegt hatte, entdeckte ich wieder diese Bewunderung in Elenis Augen. Jetzt war die Gelegenheit, auf breiter Front anzugreifen!

»Sieht du, was wir beide alles erreichen können. Sag mal echt, hast du Lust, mit mir zusammen zu sein?« sagte ich und wartete ab, wie sie reagieren würde.

»Klar doch, immer! Komm jetzt, lass uns zurückgehen.«

Auf dem ganzen Weg überlegte ich, was dieses »immer« zu bedeuten hatte.

Als wir ankamen, sahen die anderen Schüler enttäuscht aus. Die Zeit verging und der Schulstreik schien die Lehrer kein bisschen zu stören. Der Leiter des Lyzeums war nicht einmal bereit, herauszukommen und mit uns zu reden.

»Wir besetzen die Schule. Das ist es«, sagte ein Unsympath aus der zweiten Lyzeumsklasse. Ich konnte ihn nicht leiden, weil er mich ständig wegen Essen anschnorrte. Aber ich hatte nie den Mut gefunden, um »nein« zu sagen. Ich hatte richtig Angst vor ihm. Er war stark, und ich wusste, dass er mir eine reinhauen würde. Aber jetzt war ich fest entschlossen, es ihm heimzuzahlen.

»Eine Privatschule besetzen, das geht nicht!«, sagte ich.

Er kam ins Schleudern.

»Wieso denn nicht, Alter?«

»Weil es ein privates Gebäude ist und die Polizei hereinkommen wird, um uns abzutransportieren. Das ist hier keine öffentliche Schule, in der demonstriert werden darf.«

»Er hat Recht, Mann. Was quatschst du denn da für einen Blödsinn«, sagte Thodoris zu ihm.

Eleni sah mich stolz an.

»Schon gut«, sagte der Unsympath und versuchte nun, mich lächerlich zu machen: »Hast du Besserwisser einen anderen Vorschlag auf Lager?«

»Ja, echt, was machen wir jetzt?«, sagte Thodoris.

Eine Minute lang herrschte absolutes Schweigen. Hatte denn keiner eine schlaue Idee?

He, nicht gerade keiner!

Ich hatte eine.

»Wir rufen Journalisten an.«

»Ja! That's it! Absolut spitze!«, rief Thodoris begeistert.

Und da kam Eleni zu mir. Absolut unerwartet. Sie schlang ihre Arme um mich und … und … und … drückte mich an sich! Es war ein magischer Moment. Mir wurde richtig schwindelig, aber ich verlor nicht die Fassung. Ich fasste sie um die Taille und zog ihren Körper ganz nah an mich heran.

Die anderen waren bereits weggegangen, um die Journalisten anzurufen. Es verging nicht viel Zeit, und es erschien eine Journalistin von der »Eleftherotypia«, zusammen mit einem Fotografen. Nun kam auch der Direktor herunter. Er versicherte uns, dass nichts passieren würde und versprach, dass sie Thodoris eine Strafe auf Bewährung geben würden, dass er also die Klasse nicht wiederholen müsste. Keiner verstand es so richtig. Das Einzige, worum unser Direktor beinahe bettelte, war, dass nichts Ungünstiges in den Zeitungen stehen sollte. Er versprach sogar noch, dass er uns für diesen Tag keine Fehlstunden aufschreiben würde.

Eleni und ich gingen weg, Hand in Hand.

Am nächsten Tag war in der Schule alles wie immer, nur dass Eleni und die anderen Schüler vom Lyzeum mich wie einen Helden feierten. Aber vielleicht hatte Thodoris die Eifersucht gepackt, als er gesehen hatte, wie Eleni mich umarmte. In der Pause fragte er sie jedenfalls, ob sie Lust hätte, mit ihm auszugehen. Eleni drehte fast durch vor Glück. Der Junge, den alle haben wollten, würde mit ihr ausgehen! Sie erzählte es mir total begeistert.

Ich erstarrte.

»Aber wir …«

»Mensch, du Dummerchen, das haben wir doch schon geklärt, oder nicht? Wir sind immer zusammen. Immer Freunde. Vielleicht war er ja eifersüchtig, als ich dich umarmt habe, auch wenn es rein freundschaftlich war.«

»He, rein freundschaftlich?«

»Soll ich dich noch mal umarmen? Dann kannst du gleich meine Mutter anrufen und ihr sagen, dass wir jetzt zusammen sind.«

So ging der Tag zu Ende, an dem ich – glaube ich – Widerstand gegen die Unterdrückung durch die Schule geleistet habe. Aber ich fand nicht den Mut, der Tyrannei von Elenis »Freundschaft« Widerstand zu leisten. Einen ganzen Tag lang hatte ich geglaubt, dass wir miteinander gehen würden. Und das hatte mich so richtig happy gemacht.

Von: michele.crismani@libero.it
An: fotispower@hellasnet.gr

Ich habe deine *Happy Days 1* inzwischen gelesen. Nicht schlecht! Bevor ich dir eine superspannende Geschichte über meine Familie schicke, will ich noch ein paar Sachen von dir wissen.

Leider habe ich das mit der griechischen Schule nicht kapiert. Wie funktioniert das bei Euch genau?

Bei uns ist es ganz einfach: Es gibt die Grundschule (fünf Jahre), dann die Mittelstufe (drei Jahre), dann die Oberstufe (fünf Jahre) und schließlich geht man auf die Universität (ich weiß nicht wie lange, aber ich glaube, das dauert!).

Ein Schulstreik wäre mir nicht einmal im Traum eingefallen. Aber nach allem, was du mir geschrieben hast, scheint das keine schlechte Sache zu sein. Bei der erstbesten Gelegenheit werde ich das auch an meiner Schule vorschlagen.

Und hier noch ein Tipp, was Eleni betrifft: Dran bleiben!

Glaub mir, ich habe in dreizehn, genauer gesagt, dreizehneinhalb Jahren, schon einige Erfahrungen gesammelt. Und so wie ich, solltest du es auf jeden Fall nicht machen! Ich wollte eine echte Beziehung und was wollten die Mädels? Freundschaft, und sonst nichts! Eigentlich ist mir das aber auch erst einmal passiert. Mit Michelle. Das muss ich dir irgendwann später genauer erzählen. Aber jetzt erst mal der ganz normale Wahnsinn der Familie Crismani.

Mike Files 2

Putztag

Unser Haus ist nicht besonders groß, auch wenn wir jetzt mehr Platz haben, nachdem meine Schwester ausgezogen ist.

Ausgezogen …

Zusammen mit ihrem Milos!

Der studiert tagsüber an der Filmhochschule, Geschichte des Films, und jobbt abends als Pizzabäcker. Meine Schwester studiert Erziehungswissenschaften und arbeitet in einer Videothek.

Das bedeutet für uns Crismanis (in Maßen natürlich, wir wollen ja nicht, dass die beiden mit ihren Chefs Ärger bekommen): Videos und Pizza gratis.

Damit hat das, was ich dir jetzt erzählen will, aber gar nichts zu tun. Diese Geschichte ist sowas von peinlich, und ich bin echt sauer.

Unser Haus führt ein Eigenleben: Es zieht den Dreck magisch an. Ich weiß nicht, wie das bei euch ist, aber bei uns ist das so. Wir können nichts dagegen tun: Staub, Krümel, Fuseln, Fett- und Schmierflecken, Katzenhaare, manchmal sogar Hundekacke (dann schreit meine Mutter immer, ich soll mir sofort die Schuhe ausziehen) – alles kommt zu uns ins Haus. Einfach so. Sogar diese Staubflocken, die man nur im Gegenlicht sieht und von denen niemand weiß, wo sie eigentlich herkommen. Sie ähneln den Flusen, die ich in meinem Bauchnabel finde und die immer so sonderbare und vor allem unerklärliche Farben haben. Wenn ich ein rotes T-Shirt trage, sind sie blau, von meinem gelben Kapuzenpulli sind sie grün und so weiter. Wenn ich das Geheimnis aufgeklärt habe, dann werde ich die Flocken sammeln, eine Wollfabrik aufmachen und reich werden, weil ich so viele Rohstoffe einspare.

Jedenfalls wird unser Haus auf tausendundeine Art dreckig.

Meine Mutter jammert den ganzen Tag, alles bliebe ganz allein an ihr hängen. Mein Vater und ich würden ihr nie helfen, und was noch schlimmer wäre: Wir würden noch zusätzlichen Dreck machen und unser Haus sei ein einziger Müllhaufen.

Zugegeben: Wenn ich mit meiner Mutter alleine zu Hause bin, ist sie ganz schön im Stress: Bügeln, Müll entsorgen, Kochen (aber meistens gibt es ein Fertiggericht aus der Tiefkühltruhe, aber das ist o.k. für mich, immer noch besser als manche selbst gemachte Suppe, die ich sofort ins Klo schütte). Dazu die ganze Wäsche, wobei das meiste von ihr selbst stammt. Ich trage meine Klamotten so lange, bis sie vor Dreck stehen. Dann noch das Bad putzen und die Pflanzen versorgen (»Wozu brauchen wir die Pflanzen eigentlich?«, wagte ich einmal zu fragen. Diese Frage war fast mein Todesurteil). Und natürlich mein Zimmer aufräumen. Wegen mir muss sie das nicht machen, ich finde es gut so, wie es ist: Alles liegt kreuz und quer auf dem Boden rum, die Wäsche stapelt sich auf dem ungemachten Bett, Bücher, CDs, DVDs, Comics, der ganze Schreibtisch ist zugemüllt. Meine Mutter schimpft, so könne das nicht weitergehen, eines Tages würde sie den ganze Plunder nehmen und aus dem Fenster schmeißen. Schließlich muss sie noch das Geschirr abwaschen (sinnvoll, keine Frage) und Geschirr abtrocknen (völlig sinnlos), Groucho füttern, den Kiesweg vor dem Haus rechen und einkaufen.

Meine Mutter hat also in der Tat ziemlich viel zu tun. Aber alles halb so schlimm: Nichts ist wirklich eilig. Wenn meine Mutter und mein Vater (ja, auch mein Vater hilft ab und zu im Haushalt, das muss man ehrlich sagen) zum Beispiel abends keine Lust mehr haben, das Geschirr abzuwaschen, dann ist das kein Problem. Das kann ruhig auf den nächsten Tag verschoben werden.

Soweit die Ausgangssituation.

Bis …

Bis meine Mutter vor etwa vier Monaten einen sonderbaren Vorschlag gemacht hat.

Meine Mutter ist ziemlich clever (das habe ich von ihr geerbt. Zum Glück, denn mein Vater hat's nicht so drauf.) und passte genau den richtigen Moment ab (wie gut, dass ich all diese kleinen Tricks von ihr lernen kann).

Stell dir die Szene vor: Wenige Minuten vor der Liveübertragung des Spiels Juventus Turin gegen Galatasaray Istanbul. Mir war das egal, ich bin ja für Inter. Aber mein Vater ist Juve-Fan, das Team ist für ihn genauso heilig wie seine Mutter. Wehe, jemand sagt auch nur ein böses Wort über sie!

Es war halb neun. Mein Vater saß kerzengerade und voll konzentriert auf dem Sessel, keine drei Meter von der Mattscheibe entfernt. Pantoffeln, Pfeife, ein Schlückchen Whiskey und zwei extra für diesen Anlass gekaufte Kokostaler (wie kann man nur? Warum Kokos, wenn man Schokolade haben kann?). Für Süßigkeiten lässt mein Vater alles andere stehen.

Jedenfalls wehe dem, der ihn stören wollte. In den nächsten zwei Stunden hatte die Welt mit all ihren Problemen in unserem Wohnzimmer nichts zu suchen.

Das war meiner Mutter egal. Mit einem Gesichtsausdruck, der nichts Gutes verhieß, betrat sie den Raum und baute sich vor meinem Vater auf. Ich hielt mich im Hintergrund, war aber sehr neugierig, was jetzt passieren würde.

»Giancarlo«, begann sie.

Und er: »Hm?«

Seine Augen klebten am Bildschirm. Schon bei der Werbung. Stell dir vor, wie das erst beim Spiel sein würde …

»Es gibt ein Problem«, fuhr meine Mutter fort.

»Wo?«

»Bei uns.«

»Schlimm?«

»Nein.«

»Dringend?«

»Auch nicht.«

»Dann mach, was du für richtig hältst.«

»Sicher?«

»Ganz sicher, mein Schatz. Bis später.«

Und während sie aus dem Wohnzimmer ging, setzte mein Vater noch einen Satz hinzu, der mir gar nicht gefiel: »Nimm bitte Michele mit.«

Was war das denn? Ich störte doch gar nicht. Müffelte ich etwa oder spielte mit der Fernbedienung? Verschlechterte meine Anwesenheit den Empfang? Brachte ich Juventus etwa Unglück? Ich war jedenfalls unerwünscht. Wie immer.

Meine Mutter und ich gingen in die Küche. Ihr Lächeln war noch hinterhältiger als vorher: »So. Er meinte, das ginge in Ordnung.« Ehrlich gesagt, hatte mein Vater eigentlich gar nichts gesagt.

Meine Mutter sah mich geheimnisvoll an: »Aber er hätte es gesagt, wenn er etwas gesagt hätte.«

Da hatten wir es wieder! Erwachsene! In diesem Haushalt kommen unmissverständliche Sätze und deutliche Aussagen nur von mir. Ich rede Klartext. Die Äußerungen meiner Mutter sind verschlüsselt, wie in einem Spionagethriller. Ich jedenfalls verstehe sie nicht.

Dann seufzte sie tief und sagte zufrieden: »Sehr gut. Morgen kommt sie.«

»Wer?«

»Die Putzfrau.«

»Wer? Aber warum? Mama, du bist für uns doch gut genug!«

Sie funkelte mich böse an.

Und damit nahm die haarsträubende Geschichte, von der ich dir erzählen will, ihren Lauf.

Unsere neue Putzfrau war einige Jahre zuvor aus dem Kosovo geflohen, denn dort war Krieg. Ihr Mann ist Maurer, und Zineta, so heißt sie, verdient mit Putzen noch etwas dazu. Sie kommt montags für vier Stunden und wir zahlen ihr acht Euro pro Stunde.

Das Problem ist, dass wir fast jeden Sonntag Gäste zum Abendessen haben. Deshalb gibt es an diesem Tag natürlich viel mehr schmutziges Geschirr als sonst. Schon seit ewigen Zeiten wird der Abwasch auf den nächsten Tag verschoben, denn um Mitternacht (wenn die Gäste endlich weg sind) sind wir alle todmüde.

Du denkst dir jetzt vielleicht: Perfekt, wenn am Montag die Putzfrau kommt … Von wegen.

Ich habe ja schon am Anfang geschrieben, dass das eine echt peinliche Geschichte ist. Megapeinlich.

Fakt ist: Meine Mutter wollte, dass Zineta die schweren Hausarbeiten übernimmt. Bügeln, Teppiche ausklopfen, Boden wischen, Fenster putzen und diese Sachen. Denn Zineta ist eine kräftige Frau und kann richtig anpacken.

Zineta kam am Montag vorbei, um alles zu besprechen. Meine Mutter wollte ihr zeigen, was im Haushalt zu erledigen war.

Am folgenden Montag war ihr erster richtiger Arbeitstag. Abends kam meine Mutter von der Arbeit nach Hause und wollte kontrollieren, was die Putzfrau so gemacht hatte (Wie bei mir manchmal, um zu sehen, ob ich die Hausaufgaben gemacht habe. Ich sage immer: Kein Problem, so lange die Kontrollen angekündigt werden. Wenn nicht, seid ihr selbst Schuld, dass ihr euch aufregen müsst). Sie war unzufrieden. Später beschwerte sie sich bei meinem Vater.

Der hatte sich übrigens zum Thema Putzfrau nie wieder geäußert, denn ihm war natürlich klar, dass ihn meine Mutter mit der hinterhältigen Frage vor dem Fußballspiel über den Tisch gezogen hatte.

»Sie hat fast nichts von dem erledigt, was sie machen sollte«, meckerte sie.

Irgendwie fühlte ich mich auch betroffen. Ich musste mich zusammenreißen, damit ich nicht anfing, mich zu verteidigen. Die Vorwürfe erinnerten mich stark an das, was ich sonst zu hören bekam.

»Irgendwas wird sie doch getan haben«, beschwichtigte mein Vater.

»Ja, aber nicht das, was ich wollte.«

»Und was hat sie gemacht?«

»Das dreckige Geschirr von gestern Abend gespült, dabei war das gar nicht nötig.«

»War doch gut«, meinte mein Vater.

»Eben nicht.«

Meine Mutter war der Meinung, dass wir den Abwasch wirklich alleine machen könnten, und dass wir dafür weiß Gott keine Putzfrau brauchten. Mit dem Abwasch verschwendete Zineta nur wertvolle Zeit, die sie für andere Aufgaben verwenden könnte. Ich betrachtete amüsiert meine wild gestikulierenden Eltern. Die ganze Situation war lächerlich. Aber ich musste mir das Lachen verkneifen, denn sonst würde ich unter Garantie den ganzen Ärger abbekommen. Wer weiß, was ihnen als Strafe alles einfallen würde. Deshalb hielt ich mich raus. Mama war auf hundertachtzig und ihr Gesicht war feuerrot angelaufen. Papa war nur ein bisschen überrascht und blieb ganz cool.

Das Ergebnis der endlosen Diskussion war, dass wir Zineta die Sache mit dem Geschirr ein für alle Mal klar machen mussten. Da wäre ich schon nach zwei Minuten drauf gekommen, dafür hätte man nicht eine Stunde diskutieren müssen. Auf den ersten Blick schien das für alle eine gute und kluge Lösung zu sein. Von wegen!

Zineta nickte, aber als sie am nächsten Montag wieder einem Berg von schmutzigen Tellern und Töpfen gegenüberstand, konnte sie nicht widerstehen und legte los. Für die eigentliche Arbeit blieb kaum noch Zeit (Keine Panik, ich komme bald zum Punkt. Zum Gipfel des Schwachsinns, blöder geht es nicht. Nur noch ein bisschen Geduld).

Mama sprach wieder mit ihr.

Und Zineta nickte wieder. Aber auch beim nächsten Mal das gleiche Bild: Der Abwasch ging vor.

Schließlich waren meine Eltern mit ihrem Latein am Ende. Sie diskutierten sich die Köpfe heiß. Einfach lächerlich: die Lösung lag doch auf der Hand. »Entweder du machst, was wir dir sagen, oder du gehst. Ende der Durchsage!«

»Wenn wir das mit dir auch so gemacht hätten, wärst du schon lange unterwegs«, spottete mein Vater, als ich ihm meinen Vorschlag präsentierte. Meine Mutter lachte nur. Blöder Witz. Darüber konnte ich nun wirklich nicht lachen. Meine geniale Idee wurde einfach verworfen, sie haben nicht mal darüber diskutiert. Meine Eltern hören nie auf das, was ich sage. Aber die Lösung meines Vaters … in der Tat, eine weise Entscheidung (ironisch gemeint, sehr ironisch).

»Dann spülen wir eben das Geschirr, bevor die Putzfrau kommt.«

Und jetzt heißt es jeden Sonntagabend, egal wie spät es ist, Töpfe, Teller, Bestecke, Gläser, Tassen und wer weiß was alles, spülen und abtrocknen. Nur damit alles erledigt ist, wenn Zineta kommt.

Eines Sonntagabends hatten meine Eltern zu viel getrunken und waren nicht mehr imstande, den Abwasch zu machen. Und jetzt, halt dich fest, wird es OBERPEINLICH: Sie haben das dreckige Geschirr versteckt, damit Zineta es nicht finden konnte.

Aber mir nicht zuhören. Nie.

Michele, mein lieber Freund, Michelako, Michelino,

ich habe deinen Brief erhalten und gemerkt, dass du mich falsch verstanden hast! Ich meinte, dass wir mit dem Briefwechsel aufhören sollen, einfach nur, weil ich mehr Zeit zum Lernen brauche! Im Gymnasium sind die Dinge nicht mehr so easy wie in der Grundschule. In Griechenland kommen nach den sechs Jahren Grundschule, wo man automatisch in die nächste Klasse versetzt wird, drei Jahre Gymnasium und dann drei Jahre Lyzeum.

Jetzt, wo die Prüfungen zu Ende gehen, kann ich dir wieder schreiben und verspreche dir, dass ich dir auch Ansichtskarten von den Orten sende, in denen ich mit meiner Oma Urlaub machen werde.

Ja, du hast richtig gelesen. Zum Glück gibt es die Oma. Und mit ihr werde ich in den Urlaub fahren!

Eigentlich hätte ich mit meinem Vater wegfahren sollen. Das Jahr endet doch auf eine ungerade Zahl, oder nicht? Bei ihrer Scheidung wurde geregelt, dass ich in den Jahren mit ungerader Zahl mit meinem Vater Urlaub mache. Der nimmt aber an einer Tagung in Tokio teil und sagt, dass er für Urlaub kein Geld mehr hat. Macht nichts! Weil auch meine Mutter zu tun hat – sie ist ja, wie gesagt, eine viel beschäftigte Werbefachfrau – fahre ich also mit meiner Oma weg. Wahrscheinlich verbringen wir den Sommer in Nafplion, wo wir außer Sonne, Meer und Spaziergängen auch ein Festival für klassische Musik besuchen werden. Perfekt!

Dort in der Nähe, in einem Dorf, das Tolo heißt, macht

auch die Kosmas Urlaub. Wir werden sie wohl treffen. Sie hat gesagt, dass sie mit mir Altgriechisch wiederholt. Wunderbar! Sie hat auch eure Juliano eingeladen, um ihr Epidaurus und Mykene zu zeigen. Fantastisch! Sicher, meine Oma spricht kein Italienisch, aber irgendwie werden wir uns schon verständigen!

Ich wünsche dir, dass du eine ebenso schöne Zeit verbringen wirst wie ich.

Lass es dir gut gehen,
Fotis

Lieber Fotis,

endlich habe ich deinen Brief bekommen. Es wurde aber auch Zeit.

Ich glaube, das einzig Positive an eurer Schule ist, dass man in der Grundschule immer versetzt wird, egal, was man für einen Mist verzapft. Ob man lernt oder nicht spielt keine Rolle. Ziemlich bequem für die Schüler.

Aber was den Rest angeht …

Wirfst du jedes Jahr eine Münze, mit wem du tatsächlich in den Urlaub fährst? Ich brauche jedes Mal eine Wahrsagerin. Meine Eltern sind zwar nicht geschieden, aber sie scheinen mich für ein Päckchen zu halten, das man wahllos durch die Gegend schicken kann.

Mein lieber Fotis, deine Ferienaussichten klingen nicht gerade berauschend. Wenn ich mir das nur vorstelle! Wie ein Hochsicherheitsgefängnis! Du stehst unter ständiger Beobachtung deiner Oma, die dich den ganzen Tag mit klassischer Musik quält (auch wenn du diese Musik liebst, aber das wird selbst für dich zu viel). Und zu allem Überfluss noch die Kosmas und die Juliano (gleich zwei Lehrerinnen, als ob eine nicht schon genug wäre …).

Habe ich richtig verstanden? Altgriechisch? Ist das nicht die Sprache, die heute niemand mehr spricht und deren komische Buchstaben niemand lesen kann?

Aber wer weiß, welche Ferienüberraschung meine Eltern für mich bereit halten!

Probleme hin oder her: Unsere Freundschaft darf nicht darunter leiden! Wir schreiben uns weiter! Auch wenn wir in den nächsten Wochen ziemlich genervt sein werden.

Dein Freund Michele

Von: fotispower@hellasnet.gr
An: michele.crismani@libero.it

Zum Glück hältst du mich nicht länger für einen Vollidioten!

Ha, du bist aber trotzdem drauf reingefallen: Du hast nicht kapiert, dass es ein Trick war, um unsere Lehrerinnen loszuwerden.

Achtung: Auch der letzte Brief, den ich dir geschickt habe, ist gelogen! Na ja, gut, mit meiner Oma fahre ich schon in den Urlaub.

Der reinste Horror!

Papa nimmt seine Frau und seine Tochter mit nach Tokio und damit ist er blank! Er könnte mich ja auch mitnehmen, aber er hat wohl Angst, dass ich aus der Kleinen Sushi mache!

Mama hat ständig Arbeit. Zurzeit entwirft sie die Werbung für ein Produkt, das Frauen als Sonnenschutz benutzen, das sie aber gleichzeitig auch schlanker macht. Es heißt Sunwind. Mama hat sich überlegt, ein paar Supertussen an Stränden Proben davon verteilen zu lassen.

Außerdem organisiert sie viele Partys, die von der Zeitschrift, bei der sie arbeitet, gesponsert werden. Warum nimmst sie mich nicht mit?

Ich würde dich ja auch einladen, aber ich glaube, dass Mama … wie soll ich es jetzt sagen? Kannst du Geheimnisse für dich behalten? Mama hat ein Verhältnis mit einem der Fotografen, mit denen sie zusammenarbeitet. Sie hat es mir zwar nicht gesagt, aber ich sehe doch, wie sie ihn anschaut, ich höre, wie sie mit ihm telefoniert, und natürlich habe ich beobachtet, dass sie sich in letzter Zeit dauernd mit Sunwind eincremt. Außerdem ist es ziemlich verdächtig, dass sich Oma angeboten hat, mich mitzunehmen! Eigentlich wollte sie das Festival für klassische Musik ganz alleine genießen.

Oma ist bestimmt in dieses Spielchen verwickelt. Sie möchte es noch erleben, dass ihr kleines Mädchen glücklich ist, nach all den Qualen, die ihr dieser Taugenichts von Arzt – mein Vater – angetan hat. Und so habe ich außer der Oma auch noch die Kosmas und die Juliano auf dem Hals.

Also, wenn ich groß bin, dann werde ich Musiker und Sänger. Sobald ich berühmt und auf dem ganzen Planeten bekannt bin, gehe ich auch in die Politik. Dann werde ich schon steinreich sein. Ich gründe also meinen eigenen Staat auf einer Privatinsel und werde dort Premierminister. *Musikania*, der Staat der Musik. Soll ich dich zum Minister ernennen? Wenn du bis dahin schon ein berühmter Schauspieler bist, umso besser. Ich mache dich am besten zu unserem Bildungs- und Kulturminister! Was hältst du davon?

Und eins will ich dir noch sagen: In meinem Staat ist der Eintritt für alle, die ihre Kinder mit Omas und Lehrerinnen in den Urlaub schicken, strengstens verboten. (Du verstehst schon, wem ich aus dem Weg gehen will!)

Von mir aus darfst du auch allen Frauen den Zutritt verbieten, die Geschirr spülen! In unserem Staat wird das Geschirr nur in der Spülmaschine gespült! Dann müsst ihr es auch nicht mehr verstecken. Mal ehrlich, warum kauft ihr euch keine Spülmaschine?

Michele, die Geschichte mit dem Hausputz, die du mir geschickt hast, hat mir super gut gefallen!

Michele, ihr seid eine echte FAMILIE! Hast du das eigentlich kapiert?

Halt das bloß nicht für selbstverständlich. Frag mich mal, wie es ist, wenn man zusammen mit seiner Oma in einem Goldfischglas lebt! Ich habe das Gefühl, wenn ich meine Freunde nicht hätte, dann würde ich durchdrehen.

Ich schicke dir meine *Happy Days 2*. Dann weißt du, was vor kurzem bei unserem Schulausflug passiert ist.

Viele Grüße
Seine Hoheit,
Premierminister von Musikania
Fotis

Happy Days 2

Von: michele.crismani@libero.it
An: fotispower@hellasnet.gr

Wahnsinn: Diese Partys, die deine Mutter organisiert, darfst du auf keinen Fall verpassen! Es werden bestimmt eine ganze Menge Models da sein, eine knackiger als die andere. Natürlich sind die Mädels für dich tabu (sind bestimmt schon über zwanzig). Aber anschauen und genießen ist auch nicht übel, oder?

Deine Mutter will keine Zeugen und zack – landest du in den Fängen deiner Großmutter. Gemein. Aber tröste dich: Meine Eltern haben zwar keine dunklen Geheimnisse, aber unsere Ferien sind trotzdem lausig.

Michele Crismani, Premierminister im Freistaat *Musikania* – keine schlechte Idee. Wir sollten mal konkret darüber nachdenken. Bestimmt wären eine ganze Menge Jungs und Mädels mit von der Partie. Ich werde mit »Melonenhirn« darüber sprechen (Spitzname von Salvatore Collu), der übrigens Schlagzeuger in einer Heavy Metal Band ist. Er könnte Verteidigungsminister werden, denn er ist groß und stark und hat einen riesigen Schädel, der aussieht wie eine Melone.

Es ist mir totpeinlich, aber ich antworte dir trotzdem: Ja, in Italien gibt es Spülmaschinen. Aber im Hause Crismani eben nicht. In Sachen Abwasch sind wir Neandertaler und spülen mit der Hand.

Jetzt lese ich deine *Happy Days 2* und schreibe dir morgen zurück.

Ciao, Michele

Von: fotispower@hellasnet.gr
An: michele.crismani@libero.it

Happy Days 2

Von klein auf habe ich von meinem ersten richtigen Schulausflug geträumt. Übernachtung außer Haus, zusammen mit meinen besten Freunden und vor allem weit weg von den Eltern! Was braucht man mehr, um glücklich zu sein. Ich war sicher, dass diese Erfahrung ein »Happy day« sein würde. Sie würde mit goldenen Lettern in die Datei mit den glücklichen Tagen eingehen.

Ich hatte allerdings nicht bedacht, dass:

1. *wir drei Lehrer mit dabei haben würden!*
2. *sie uns den ganzen Tag durch antike Stätten und Museen scheuchen würden!*
3. *sie tausendmal »verboten« sagen würden!*

Außerdem hatte ich nicht gedacht, dass ich so verrückt nach Eleni sein würde, so ungeheuer verknallt, und dass ich es niemandem verraten würde, nicht einmal ihr selbst. Wenn man die Sache mit dem Schulstreik weglässt, sogar nicht einmal mir selbst, außer jetzt, wo ich es aufschreibe und ganz allein lese.

Aber was dann bei diesem heiß ersehnten Ausflug passierte, das hätte ich echt nicht erwartet!

Von September an hatte der Direktor klipp und klar gesagt:

»Dieses Jahr werde ich keinen einzigen Ausflug genehmigen.«

Wir Schüler regten uns alle furchtbar auf. Keiner von uns hatte kapiert, dass er es absichtlich sagte. Als wir ihn an-

bettelten, meinte er, dass er es sich am Ende des Schuljahres noch einmal überlegen würde, dann, wenn er sich eine vollständige Meinung zu unserem Verhalten gebildet hätte. So hatte er uns das ganze Jahr über an der kurzen Leine, denn wir wollten so wahnsinnig gern diesen Ausflug machen. Wir waren so lieb und nett, so ruhig, so fleißig! Natürlich abgesehen von der Sache mit dem Schulstreik, aber das wollten wir und er sowieso vergessen.

Es kam die Stunde des lang ersehnten Ausflugs. Drei Tage Ägina. Wir wollten eigentlich weiter weg, nach Korfu oder Rhodos, aber der Direktor bestand darauf, dass Ägina weit genug sei.

Zu Hause – da war ich mir sicher – würden mich Widerstände erwarten.

»Jetzt schon mehrtägige Ausflüge? Was ist denn das für eine Schule? Ausgeschlossen. Vergiss es! Erst in der dritten Lyzeums-Klasse«, rief die Oma, als ich es ihr sagte.

»Aber das Ministerium erlaubt dreitägige Ausflüge schon im Gymnasium. Sie müssen nur Bildungscharakter haben.«

»Wenn das Ministerium es erlaubt, dann sollen doch die Kinder des Ministers mitfahren. Du fährst jedenfalls nicht mit.«

Weinend rief ich meinen Vater an. Seine Frau nahm ab. Da kam mir eine Idee:

»Hallo, ich bin's. Wie geht's?«

»Gut, Fotis, und dir?«

»Am nächsten Wochenende, an dem ich eigentlich zu euch komme, macht unsere Schule einen dreitägigen Ausflug nach Ägina. Meine Oma will mich aber nicht mitfahren lassen.«

»Warum denn nicht? Das ist doch eine richtig gute Idee. Du sollst ruhig mitfahren! Warte mal, ich rufe deinen Papa.«

Ich wusste, dass sie mich mitfahren lassen würden, wenn sie mich auf diese Weise loswerden konnten. Doch ich hatte mich verrechnet. Mein Vater sagte, nachdem er kurz nachgedacht hatte:

»Du machst das, was die Mama entscheidet! Die weiß das besser!«

Unglaublich.

Das heißt, absolut unglaublich.

Papa und Mama hatten sich nicht mehr auf irgendetwas geeinigt, seit der Zeit, als sie mich produziert haben. Wie kam er jetzt darauf? Vielleicht war er krank? Vielleicht hatte er sich mit seiner Frau gestritten, und er wollte sie auf die Palme bringen?

Am Abend kam meine Mutter nach Hause. Sie gab mir einen Kuss und wollte wissen, warum ich auf sie warte.

»Du sollst entscheiden, ob ich bei unserem dreitägigen Schulausflug mitfahren darf. Oma sagt ›Nein‹, Papa sagt, ich soll das tun, was du sagst!«

»Was? Das hat es ja noch nie gegeben.«

»Jetzt rede du nicht genauso wie Oma. Schon seit Jahren machen auch die Gymnasien mehrtägige Ausflüge.«

»Das meinte ich nicht. Ich wundere mich nur über die Worte deines Vaters. Also, du fährst natürlich mit. Deine Mitschüler fahren doch auch alle mit, oder?«

»Äh, ja.«

»Schön. Du fährst auch mit.«

Die Oma war wütend.

Der Papa war einverstanden.

Seine Frau freute sich.

Die Mama war sich ihrer Sache sicher.

Eine Woche später brach ich mit meinem Rucksack zum ersten mehrtägigen Ausflug meines Lebens auf, ohne irgendjemanden aus meiner Familie. So war das für die meisten meiner Freunde. Nur Jorgos, der bei den Pfadfindern war, hatte schon viele Ausflüge gemacht, und Christos war letzten Sommer einen Monat lang allein in England gewesen, um in einem College die Sprache zu lernen.

Wir kamen ruckzuck auf Ägina an. Die Fahrt vom Hafen in Piräus dauerte mit dem Schnellboot eine halbe Stunde. Dann ging es sofort ins Hotel, ganz in der Nähe des Hafens, und wir bezogen unsere Zimmer. Ich teilte mein Zimmer mit Dimitris, mit dem ich auch in der Schule zusammensitze. Im Nachbarzimmer auf der rechten Seite waren Christos und Jorgos und etwas weiter Kostas und Marios. Auf der linken Seite Eleni und Marina. Ich wollte gern bei Eleni bleiben, aber Fehlanzeige: Es war verboten, dass Jungen und Mädchen zusammen in einem Zimmer schliefen.

Sobald wir unsere Sachen verstaut hatten, zogen wir los, um irgendein antikes Monument zu besichtigen. Die Kosmas, unsere Altgriechisch-Lehrerin, schleppte uns zum Tempel der Athene Aphaia am anderen Ende der Insel. Sie erzählte uns wahnsinnig viel über den Tempel. Unmöglich, das alles zu behalten. In Wirklichkeit hatte ich ihr aber gar nicht zugehört. Ich hatte nur Kostas im Kopf, weil der ständig Eleni anglotzte. Ich war mir sicher, dass er etwas von ihr wollte. Jetzt, wo sie weit weg von Thodoris war, würde er bestimmt einen Angriff starten.

Aber genau das habe ich mir auch schon überlegt, Kostas. Und du bist nach mir gekommen. Warte schön, bis du an der Reihe bist, Freundchen, dachte ich, als Eleni auf mich zukam.

»Was hast du denn? Warum bist du so muffelig?«

»Mir ist total langweilig. Hörst du sie etwa nicht labern? Irgendjemand sollte sie stoppen.«

»Lass nur, du kennst sie doch, die Kosmas. Sag mal, hast du gemerkt, dass mich Kostas merkwürdig anschaut?«

»Habe ich. Wollen mal sehen, was passiert, wenn es Thodoris merkt.«

»Ach, Thodoris, der ist weit weg, in Athen!«

Aha! So ist Eleni also. Eine halbe Stunde Entfernung ist weit weg. Okay, wenn der unbesiegbare Feind weit weg ist, komme ich auch ins Spiel, egal, was passiert, dachte ich und startete den Angriff.

Kaum war die Kosmas fertig, rief ich:

»Perfekt, Frau Kosmas. Das war echt super, aber wir sind hier regelrecht verbrutzelt vom langen Stehen in der glühenden Sonne. Können wir jetzt vielleicht im Pool schwimmen gehen?«

»Ja! Gute Idee«, riefen alle, wobei Eleni mich voller Bewunderung anstrahlte. Die Kosmas, der Sportlehrer und die Englischlehrerin, die uns begleiteten, ließen sich jedoch nicht erweichen: Schwimmen im Pool, das war verboten! Natürlich hatte ich nur gefragt, weil ich sicher war, dass es die Kosmas verbieten würde. Ich hatte bestimmt nicht vor, in meiner Badehose in Erscheinung zu treten. Jedenfalls nicht, bevor ich nicht fünf Kilo abgenommen hätte und nicht drei Jahre ins Sportstudio gegangen wäre.

»Das ist unfair! Warum haben sie uns dann auf diese Insel geschleift?«, sagte Eleni immer wieder und ich … ich tröstete sie.

»Kommt doch heute Mittag nach dem Essen zu uns aufs Zimmer. Mal sehen, was wir machen können«, schlug Dimitris Eleni und Marina vor.

So wie ich ständig mit Eleni zusammen war, war Dimitris dauernd mit Marina zusammen, nur doppelt so viel. Jede Pause verbrachten sie gemeinsam. Jeden Nachmittag endlose Anrufe. Und jeden Samstag gingen sie in die Läden zum CD-Kaufen. Nur, dass die beiden wirklich Freunde waren. Einfach nur reine Freunde. Nicht so wie ich mit meinen Hintergedanken.

Eftimiou, der Sportlehrer, »ordnete an«, dass jeder am Mittag auf sein Zimmer gehen sollte und dass wir still zu sein hätten . Wir gingen tatsächlich auf unsere Zimmer und sagten, dass wir schlafen würden. Die Kosmas und die Sorova, die Englischlehrerin, ruhten sich ebenfalls aus. Der Sportlehrer aber nahm einen Stuhl und baute sich mitten im Flur auf, um Zeitung zu lesen. Direkt vor unserem Zimmer. Wir wie Schwerverbrecher in Käfige eingesperrt, und davor ein Monster von Gefängnisaufseher!

»Echt nicht! Das ist doch kein Ausflug. Hier werden ja die alten Gefängnisse von Ägina wieder lebendig.«

Wir gingen auf den Balkon. Die Zimmer lagen im Erdgeschoss. Durch den Garten kamen Christos und Jorgos heimlich ins Zimmer von Kostas und Marios. Und von dort alle zusammen in unseres. Kaum sahen das Eleni und Marina, kamen sie auch. Als sich meine Clique versammelt hatte, fingen wir an, stundenlang darüber zu diskutieren, wie wir die Kosmas dazu bringen könnten, dass sie uns in den Pool lässt.

»Ich rufe sie in ihrem Zimmer an«, sagte Kostas nach kurzer Zeit.

»Und dann?«, fragte Eleni.

»Dann verstelle ich meine Stimme. Ich werde sagen, dass ich meine Mutter bin und dass mich mein Kind angerufen hat, völlig außer sich, weil ihm nicht erlaubt wurde, in den Pool zu springen. Aber ich, seine Mutter, erlaube es ihm.« Und während er das sagte, nahm er auch schon den Hörer ab und wählte die 106, das Zimmer der Kosmas.

»Ja?«, sagte sie mit tiefer Stimme. Wir bekamen Schiss und wir beobachteten ihn sprachlos. Aber ihm wurde auch ganz anders und er gab den Hörer an Eleni weiter.

»Frau Kosmas, Marina und ich haben darüber gesprochen, ob sie uns vielleicht erlauben, dass wir an den Strand gehen«, improvisierte Eleni.

»Nein. Das ist verboten, und das wisst ihr ganz genau. Wie unhöflich von euch, mich zu dieser Zeit zu stören!«, brüllte sie und legte wütend auf.

Jetzt hat es dich erwischt, mein lieber Kostas, dachte ich. Eleni wird jetzt stinksauer auf dich sein. Vielleicht haut sie dir auch eine runter.

Wie wenig Ahnung hatte ich doch von Mädchen!

Eleni wurde kein bisschen sauer. Sie war sogar ganz hin und weg von Kostas' Mut, die Kosmas anzurufen.

Und was war damit, dass er nichts gesagt hatte, he? Und was war damit, dass er ihr den Hörer gegeben hatte, he? Ach, das störte sie überhaupt nicht! Eleni hatte sich auf seinen Schoß gesetzt und sagte:

»Wenn du das noch mal machst, mein lieber kleiner Kostas, dann sage ich der Kosmas, dass du in sie verliebt bist!«

Und ha, ha, ha, es wurde gelacht. Und gestreichelt. Und herumgespielt.

Ich konnte das nicht mit ansehen. Aber Rausgehen konnte ich auch nicht: Da war das Monster. Ich verzog mich also ins Badezimmer. Ich schloss ab, zog meine Sachen aus und stellte mich unter die eiskalte Dusche. Das würde mich bestimmt beruhigen. Kurz darauf hörte ich Christos sagen:

»Gehen wir, der Eftimiou ist eingeschlafen. Die Zeitung ist ihm aufs Gesicht gefallen. Wenn wir uns lautlos hinausschleichen, wird er uns nicht bemerken! Lasst uns zum Basketballfeld gehen.«

Sofort hörte ich, wie die anderen zustimmten und danach … Stille.

Ich stellte das Wasser ab und stieg aus der Dusche. Ein Badetuch gab es nicht. Aber ja, natürlich, das hatte ich sauber und gut gebügelt auf meinen Bett gesehen. Was sollte ich tun? Ich trocknete mich mit dem kleinen Handtuch für das Gesicht ab, zog mich provisorisch an und öffnete die Tür. Stille, es war kein Ton zu hören.

Aha, ich war allein, bestimmt!

Ich ging zu meinem Bett, wo das große Badetuch lag.

War ich wirklich alleine?

Warum hatte ich das Gefühl, dass mich jemand anschaute? Ich drehte mich um, guckte zum Sessel und da … sah ich sie!

Ich war sprachlos und total verblüfft. Dimitris und

Marina eng umschlungen! Ihnen hatte es auch die Sprache verschlagen. Ich hatte sie ertappt! Die ganze Zeit hatten sie uns gesagt, dass sie nur gute Freunde sind. Und als ob das noch nicht genug wäre! Jetzt rutschte mir die Hose runter, weil ich den Gürtel nicht zugemacht und auch den Knopf nicht zugeknöpft hatte. Ich machte kehrt und versuchte, es bis zum Bad zu schaffen. Aber hinter mir stand Eleni. Sie war ins Zimmer gekommen und hatte die GANZE Szene beobachtet. Die ganze Szene mit mir in meinen himmelblauen Boxershorts mit den kleinen weißen Elefanten. Was sollte ich tun? Ich nahm all meinen Mut zusammen, versuchte, meine Hose hochzuziehen und sagte: »Was willst du denn hier?«

»Ich wollte meine Sonnenbrille holen. Das Monster schnarcht.«

Ich quetschte mich an ihr vorbei ins Badezimmer.

Kurz darauf kam ich wieder heraus. Komplett angezogen. Eleni, Marina und Dimitris erwarteten mich und kringelten sich vor Lachen.

»Lacht nicht. Gebt lieber zu: Wie lange verarscht ihr uns schon?«

»Einen Tag.«

»Aber ihr seid doch einfach nur Freunde!«, sagte ich und bereute es schon, als ich es aussprach. Was redest du da, du Idiot, sagte ich zu mir.

»Wir werden so lange zusammen sein, wie es eben hält. Einen Tag, eine Woche, einen Monat, ein Jahr, zehn Jahre«, antwortete mir Dimitris.

»Wir wollen nicht, dass es jemand mitkriegt«, bat Marina.

»Niemand soll erfahren, was hier drinnen passiert ist«, sagte ich. »Wirklich niemand. NIEMAND!«, fuhr ich fort und schaute Eleni mit bedeutungsvollem Blick an. Ich meinte damit jeden Kostas, jeden Thodoris und jeden anderen, in den sie sich in Zukunft verlieben sollte.

Von jenem Nachmittag an bildeten wir vier eine Clique und Kostas wunderte sich, dass er für Eleni plötzlich Luft war.

Aber sie hatte schließlich die nackte Wahrheit leibhaftig vor sich gesehen. Tja, mein Lieber, nun kannst du einpacken. Das Glück ist mit dem Tüchtigen, dachte ich. Doch ich wusste, dass ich mir selbst etwas vormachte. Mein Körper brauchte, wie gesagt, drei Jahre Sportstudio, um einigermaßen vorzeigbar zu sein. Außerdem hatte ich das alles nicht geplant. Und wenn ich nicht nach Plan vorgehe, komme ich ins Schleudern!

Eleni war wegen der Beziehung zwischen Marina und Dimitris total gerührt. Sie fand sie so merkwürdig, aber gleichzeitig auch so schön!

Hatte ich Hoffnungen? Ja, hatte ich. Zum ersten Mal fühlte ich mich meinem Ziel richtig nah …

Am letzten Abend schlug ich vor, noch etwas zu unternehmen. Als wir sicher waren, dass alle anderen schliefen und nur noch das Monster auf dem Flur Wache hielt, verschwanden wir durch den Garten und liefen an den Strand. Wir setzten uns in den Sand und fingen an, über die Sternbilder zu reden, die über uns am Himmel leuchteten. Da kam mir eine Idee:

»Mondscheinschwimmen«, sagte ich und fing sofort an, mein T-Shirt auszuziehen. Bevor ich es jedoch ganz ausgezogen hatte, passierte es. Ich wurde von ein, zwei, drei, ich weiß nicht, wie vielen Taschenlampen angestrahlt.

»Oh Mann, die Hotelwachen!«, hörte ich Eleni sagen. Meine Pläne waren vernichtet.

Am nächsten Tag …

Ich: fünf Tage Schulverweis wegen Ungehorsams, ungehörigen Verhaltens und Ausschluss von allen Ausflügen der Schule.

Die Oma: Sie erwartete mich am Hafen, war außer sich und fühlte sich bestätigt. Sie hatte sogar vergessen, sich ihren Damenbart zu entfernen.

Die Mama: Sie tat so, als ob sie wütend wäre, aber im tiefsten Innern fand sie es nicht wirklich tragisch, dass wir versucht hatten, nachts schwimmen zu gehen.

Der Papa: Er schrie Mama an, dass sie alles vermasselte, wenn er sie einmal eine Entscheidung treffen ließ.

Seine Frau: Sie verteidigte mich und sagte, dass wir die Kosmas davon überzeugen müssen, ihre Entscheidung zu ändern. Wenn ich nicht an den Ausflügen teilnehmen würde, dann wäre ich häufiger bei ihnen zu Hause.

Meine Schwester: Sie wollte wissen, ob ich vorhatte, Schwimmflügel anzuziehen.

Marina und Dimitris: Sie waren mir dankbar, weil ich gesagt hatte, dass ich allein zum Mondscheinschwimmen gegangen war und sie bloß gekommen waren, um mich zu suchen. So kamen sie um die Strafe herum.

Eleni: Durch alles, was geschehen war, war sie ganz durcheinander. Ich war ein guter Freund. Jetzt schätzte sie mich noch mehr. Aber es war nicht nur das. Hatte sie sich vielleicht in mich verliebt?

Noch einmal ich: richtig glücklich!

Von: michele.crismani@libero.it
An: fotispower@hellasnet.gr

Lieber Fotis,

ich bin ein bisschen neidisch, dass dir solche aufregenden Sachen passieren und mir … Das Spannendste, was in meinem Leben passiert, ist Fernsehen.

Du bist doch hoffentlich nicht beleidigt, wenn ich dir dein Italienisch ein bisschen verbessere. Wenn du schreibst »tra poco sono uscito« (bald bin ich gegangen), dann ist das nicht richtig. Du müsstest eigentlich schreiben »dopo un po'sono uscito (nach einer Weile bin ich gegangen). Ich bin nicht so perfekt, was die Syntax angeht (ich hoffe, das heißt so), deshalb kann ich dir nicht genau erklären warum. Aber du kannst dich auf mich verlassen: In diesem Fall liege ich richtig.

Ich hab's ein bisschen eilig, weil ich mit meiner Mutter verabredet bin. Wir gehen eine Hose für mich kaufen. Meine alten sind entweder kaputt oder zu kurz.

Ich wachse.

Ciao,
Michele

Lieber Michele,

dein Brief ist gut angekommen, wie mir meine Mutter gesagt hat. Ich selbst bin im Moment in Tolo und mache zusammen mit der Oma Urlaub.

Ich habe mir gleich gedacht, dass du mir auch eine E-Mail geschickt hast, bin in ein Internet Café gegangen und habe meine Mails gecheckt. Weil ich nicht so viel bezahlen wollte und außerdem heimlich aus dem Hochsicherheitsgefängnis abgehauen war (Oma hält das Internet Café für eine Vergnügungshölle), hatte ich es eilig und habe deine Mail nicht genau gelesen. Das mache ich, sobald ich wieder zurück in Athen bin. Ich schicke die Karte jetzt ab und gehe wieder ins Hotel.

Auf der Postkarte siehst du Burtsi, eine kleine Insel mit einer Burg in der Nähe von Tolo.

Burtsi war einmal ein Gefängnis mit Henkern und dann eine Zeit lang ein Luxushotel. Jetzt ist es geschlossen.

Was meinst du, ist es das Richtige für uns, um dort den unabhängigen Staat auszurufen, unseren Staat *Musikania*?

Dein Freund
Fotis

Lieber Fotis,

hier eine Postkarte von mir aus Triest (mit dem Schloss Miramare). Deine Karte aus Tolo war echt klasse. Gigantische Felsen, tiefblaues Meer.

Deinen Vorschlag finde ich gut: Wir nutzen die dortige Burg als Gefängnis, da scheint eine Menge Platz zu sein. Ideal für nervende Eltern und zu strenge Lehrer, zum Beispiel.

Lieber Michele,

eine zweite Karte innerhalb weniger Tage. Also, jetzt sind auch die Kosmas und die Juliano nach Tolo gekommen. Meine drei Gefängniswärterinnen und ich sind zu einem Konzert für Violincello und Querflöte gegangen. Dort habe ich gehört, wie sie darüber gesprochen haben, dass es einen Schüleraustausch geben wird. Allerdings nur für Kinder, die Schach spielen, Berg steigen und Fremdsprachen können. Das Letztere decke ich ab.

Ich kann auch etwas Schach spielen. Verliere aber immer.

Und du?

Ich kann nicht Bergsteigen.

Und du?

Aber Eleni (schon wieder die!) kann alle drei Sachen perfekt!

Jedes Kind muss einen italienischen Schüler bei sich aufnehmen, der ebenfalls an den Wettkämpfen teilnimmt.

Was du also nun zu tun hast: Schach spielen und Bergsteigen lernen, damit du in eure Schulmannschaft kommst. Und natürlich Fremdsprachen lernen, damit du mich einladen kannst. Dann unterschreiben deine Eltern, dass ich bei euch wohnen kann, und meine Eltern, dass sie es mir erlauben … und schwups, schon bin ich da! Gleichzeitig musst du ein Mädchen finden, das in all diesen Dingen gut ist, damit sie Eleni einlädt.

Zusammen mit Eleni eine Reise nach Italien, ohne

Gefängniswärter, zu meinem Freund Michele! Herrlich! Mein Glück liegt in deinen Händen. Sobald die Schule anfängt, solltest du einen Plan parat haben.

Dein Freund, der hofft, dass wir uns schon bald treffen werden.
Fotis

PS: Auf der Karte ist das antike Theater von Epidaurus. Morgen sehen wir dort die Tragödie *Medea* von Euripides.

Lieber Fotis,

tolle Idee, aber so einfach ist das nicht.

Erstens: Ich habe keine Ahnung vom Bergsteigen. Als ich klein war, bin ich auf dem Spielplatz in Roiano immer das Klettergerüst hochgeklettert, aber ich fürchte, das zählt nicht.

Zweitens: Ich habe keine Ahnung von Schach.

Drittens: Ich spreche nur Italienisch. Und wenn's sein muss, noch Triestiner Dialekt.

Natürlich lassen sich einige Hindernisse ausräumen.

Erstens: Ich behaupte in der Schule, ich wäre ein super Bergsteiger. Das kann niemand überprüfen und ich darf mit in die Berge. Und wenn wir erstmal da sind, dann werden wir schon eine Lösung finden. Clever, was?

Zweitens: Ich werde meinen Vater fragen, ob er mir Schach spielen beibringen kann. Mein Vater ist Journalist und raucht Pfeife, da wird er wohl auch Schach spielen können.

Drittens: Was die Sprachen angeht, weiß ich wirklich nicht weiter. In der Schule lerne ich (das sagt man so, aber so ganz stimmt das nicht) zwar Englisch, aber ich kann's trotzdem nicht. Ein echtes Problem, oder?

Vielleicht habe ich das Austauschprojekt zwischen unseren Schulen ja auch nicht richtig kapiert. Wenn ihr zu uns kommt, dann ist es doch völlig egal, ob ich Englisch spreche. Es langt, wenn ihr Italienisch könnt, oder?

Jedenfalls finde ich es klasse, dass du ernsthaft darüber nachdenkst, nach Triest zu kommen. Oder ist das wieder nur etwas, worauf ich mich riesig freue und das am Ende doch nicht eintritt? Ergebnis: Ich bin völlig frustriert. Sag mir, dass das nicht stimmt!

Wegen Eleni kann ich mit Arundhati sprechen. Erinnerst du dich an sie? Sie ist eine Klassenkameradin von mir und kommt aus Indien. Ihre Eltern haben ein großes Haus und ich glaube, ihr »Ausländer« würdet euch gut verstehen.

Du und Eleni ganz allein – ohne Kontrolle rund um die Uhr.

Ein Traum, was?

Schön, wenn ich euch helfen kann.

Ein Traum!

Und ich? Wer denkt an mich? Könnte Eleni nicht eine Freundin mitbringen? Ich freue mich, wenn ich euch helfen kann. Aber es wäre noch schöner, wenn ihr mir auch helfen könntet.

Bis bald,
dein Freund Michele

PS: Wenn Eleni eine Freundin haben sollte, bitte grüße sie schon mal von mir.

Lieber Michele,

wir haben *Medea* gesehen. Es ist die Geschichte einer Königin, die ihre Kinder tötet, um sich an ihrem Mann zu rächen, der sie betrogen hat. Hoffentlich kennt das meine Mutter nicht …!

Weil mein Italienisch noch nicht so gut ist, habe ich die Juliano falsch verstanden. Wir müssen gar nicht Bergsteigen können! Die europäische Schülermeisterschaft im Schachspielen wird bloß in Italien ausgetragen, irgendwo bei Triest. Und zwar in einer gebirgigen Gegend namens Carso. Also konzentrieren wir uns jetzt darauf, die Schachfiguren zu rücken. Wir müssen unbedingt in unsere Schulmannschaften kommen.

Wir werden sie Schach matt setzen. Du wirst schon sehen.

Dein bester Freund,
Fotis

PS: Auf der Karte siehst du einen Esel. Ich weiß nicht, warum er für das typisch griechische Tier gehalten wird. Ich schicke ihn dir, weil ich mich mit ihm vergleiche: Er hat trotz seiner riesigen Ohren nicht verstanden, was die Gefängniswärter gesagt haben.

Lieber Fotis,

verdammt! Du hast von diesem Schüleraustausch wirklich gar nichts kapiert. Aber meine Briefe verstehst du schon, oder? Hast du vielleicht nicht richtig aufgepasst?

Versuche dich das nächste Mal besser zu konzentrieren und schreibe keinen Unsinn mehr. Sonst versinke ich noch in Depressionen.

Mein lieber Freund Michele,

die Ferien sind zu Ende. In Tolo habe ich mit meiner Oma eine schöne Zeit verbracht. Frau Kosmas und Frau Juliano waren auch kurz da.

Jetzt bin ich wieder in Athen und bereite mich auf den Beginn des Schuljahres vor. Du weißt schon, ich besorge mir Bücher, Hefte, Stifte. Außerdem werfe ich einen Blick auf den Stoff des letzten Jahres, um mich wieder an alles zu erinnern und natürlich um zu sehen, was mich dieses Jahr erwartet. Ich werde auch in ein sogenanntes »Frontistirio« gehen – das ist so etwas wie Nachhilfe –, um mich besser vorzubereiten. Außerdem habe ich vor, Schachspielen zu trainieren, um an der europäischen Schülermeisterschaft teilzunehmen, die bei euch stattfinden wird.

Mal ehrlich, warum nimmst du nicht auch daran teil? Nach dem, was du mir geschrieben hast, spielst du doch hervorragend Schach. Wenn du willst und wenn auch deine Eltern zustimmen, kannst du darum bitten, dass ich bei dir untergebracht werde. Wir werden bestimmt eine tolle Zeit haben.

Und du, wie geht es dir? Wie waren deine Ferien?

Dein Freund aus Griechenland
Fotis

Mein lieber Fotis,

du hast echt Pech. Die Kosmas läuft dir scheinbar überall über den Weg, sogar in den Ferien. Und als ob das nicht schon genug wäre, taucht schwuppdiwupp zu allem Überfluss auch noch die Juliano auf. Sicher, die Welt ist klein, aber bei dir übertreiben sie wirklich.

Kannst du wenigstens alleine aufs Klo gehen, oder sind da auch Lehrerinnen dabei, die aufpassen, ob du auch richtig zielst?

Themawechsel. Ich würde gerne wissen, wie du aussiehst.

Wie sieht's mit Bartwuchs aus (bei mir tut sich nichts, ich bin glatt wie ein Babypopo)?

Bist du dünn oder dick (ich bin dürr wie eine Zaunlatte)?

Bist du groß oder klein (ich bin so lala, einer von diesen Durchschnittstypen, die für nichts zu gebrauchen sind)?

Ich werde dir Ansichtskarten aus meinen Ferien schreiben.

Meine Ferien ... ich sollte besser schreiben: meine Zwangsferien. Denn bei mir zu Hause herrschen die gleichen Regeln wie im Alten Rom: Meine Eltern sind die Herren, und ich bin der Sklave. Ich habe nichts zu melden.

Ansonsten ist mir in letzter Zeit nichts Interessantes passiert. Höchstens, dass mich mein Vater am Laternenmast vor unserem Haus aufknüpfen will, wenn ich nicht versetzt werde.

Oh, wo ich gerade dabei bin. Ich muss noch Mathe üben. Wie ich das hasse. Einfach ätzend.

Michele, ein Pechvogel wie du.

PS: Ich glaube, dass Italien Fußball-Europameister wird.

Von: fotispower@hellasnet.gr
An: michele.crismani@libero.it

Hallo, Michele,

was gibt's Neues?

1. Du wirst einen Brief bekommen, den du besser nicht beachtest. Ich habe ihn geschrieben, weil Oma Druck gemacht hat. Sie wollte unbedingt, dass die Juliano ihn noch vor ihrem Rückflug korrigiert. Du weißt schon: Der Inhalt ist so geschrieben, dass ihn die Juliano lesen darf. Und so war es dann auch.

2. Eigentlich war es nicht schlecht für uns. So hat sie mitgekriegt (es sei denn, sie ist völlig dämlich), dass ich von der europäischen Schülermeisterschaft im Schachspielen gehört habe, dass ich daran teilnehmen will und dass auch du Bescheid weißt. Was bleibt noch zu tun? Sag ihr, sobald die Schule wieder beginnt, dass du mitmachen möchtest, und dass ich bei dir wohnen kann. Du musst bis dahin schon so gut spielen, dass du in eure Schulmannschaft kommst. Kann sein, dass du noch keinen Schimmer hast, wie man überhaupt Schach spielt (oder hast du vielleicht angefangen, bei deinem Vater Unterricht zu nehmen?). Egal. Sie glaubt jedenfalls, du kannst es perfekt.

3. Was macht eigentlich Plan »E« – Code-Name Eleni«? Hast du Arundhati, deine Freundin aus Indien, getroffen und hast du sie gefragt, ob sie Schach spielt und ob sie ein tolles Mädchen bei sich unterbringen kann?

4. Du bist ganz schön frech. Und ich bin sauer auf dich. Ich soll alles, was die Juliano mit der Kosmas bespricht, perfekt verstehen. Und du, du kannst kein einzi-

ges Wort Griechisch! Und dann sagst du auch noch, dass ich dich enttäuscht habe! Also, echt! Ich habe hier ein ganzes Täuschungsmanöver ausgeklügelt, nur, damit wir uns treffen können und außerdem noch Mädchen dabei sein werden.

5. Du hast mir noch nie was Genaues über deine Freundinnen erzählt und willst, dass ICH eine für dich finde. Hej, du hast vielleicht Glück. Es gibt da nämlich Katerina Kopanaki, eine Mitschülerin von mir im Frontistirio. Über die berichte ich dir mit allen Einzelheiten in meiner Geheimdatei im Anhang. Auf jeden Fall kann ich dir jetzt schon sagen: Sie sieht total gut aus, spielt super Schach, hat KEINEN Freund und ist nach allem verrückt, was italienisch ist, von Klamotten bis Musik. Und sie ist eine echt gute Freundin von mir.

6. Ich schicke dir mein *Happy Days* Nummer 3, das ich gerade gestern geschrieben habe. Lies das mal und du wirst verstehen, womit ich mich in letzter Zeit beschäftige, warum ich glücklich (happy) bin, wer Katerina Kopanaki ist und wie ich die geschlossene Papa-Oma-Front besiegt habe. (Unglaublich! Als hätten amerikanische Kommandos und arabische Terroristen eine Kampfeinheit gebildet.)

7. Hast du eigentlich kapiert, was man unter »Frontistirio« versteht? Also, das ist eine Nachhilfeschule, mit einem, zwei, drei oder auch vier Fächern und ganz wenigen Schülern. Die Eltern müssen das bezahlen. Sie schicken dich dahin – nachmittags, also nach der Schule –, damit du in den Schulfächern besser wirst, damit du mehr lernst, damit du bessere Prüfungen hinlegst, damit du auf die Uni kommst (wo du hinkommst, je nachdem, wie deine Prüfungsnoten ausfallen: Es kann sein, dass du Medizin studieren möchtest und deine Noten nur für Forstverwaltung reichen, es kann aber auch sein, dass du ganz außen vor bleibst), damit du dein Diplom bekommst, damit sie

es ihren Freunden erzählen können und damit sie auf dich stolz sind.

8. Ich habe vor, eine Party zu machen. Du weißt ja, ich habe von moderner Musik kaum Ahnung. Kannst du mir nicht helfen? Mach doch mal eine Liste: Wenn du eine Party machen würdest, welche Songs würdest du dann spielen?

9. Hast du ein Handy? Mir hat Oma zum Glück eins gekauft, aber nur, damit sie jederzeit weiß, wo ich bin. Okay, wenn ich keine Lust habe, mit ihr zu sprechen, schalte ich es ab. Meine Nummer ist: 00446984225544. Wenn du willst, kannst du mir auch smsen. Das ist billiger als telefonieren.

Mach es gut, mein lieber Freund. Das läuft schon. Wir werden uns bestimmt bald treffen.

Fotis

Happy Days 3

Wie merkt man, dass man größer geworden ist? Deine Hosen passen dir nicht, sie sind zu kurz! Deine Spielsachen gefallen dir nicht mehr. Du findest Mädchen nicht mehr bescheuert, sondern fühlst, wie ein seltsamer Strom durch dich hindurch geht, wenn du mit ihnen zusammen bist. Du triffst wichtige Entscheidungen. Du tust das, was du für richtig hältst, auch wenn deine Eltern anderer Meinung sind. (Letzteres ist oft gefährlich. Es ist jedoch okay, mit den Eltern zu diskutieren. Dimitris meint das auch. Aber bei Themen, mit denen du dich gut auskennst und sie auf stur stellen, darfst du keinesfalls nachgeben, sagt Christos.)

Im letzten Jahr lief bei mir in der Schule alles glatt. Für Oma könnte es trotzdem noch besser laufen. Für meinen

Vater ist es wichtig, dass ich immer nah am Ziel bin (dass ich in die Uni komme, in die medizinische Fakultät, also dass ich die Prüfungen am Ende des Lyzeums hervorragend bestehe) und für Mama, dass ich ein liebes Kind bin, dass ich glücklich bin und, dass ich keine Lücken habe.

Ich selbst bin mit mir total ZUFRIEDEN. *So sehr, dass ich meine, ich sollte eine Party machen, wenn die Schule wieder anfängt. Das bin ich mir wert. Du weißt schon, mit Musik, Tanz, gedämpftem Licht, die Eltern sind nicht da oder kommen zumindest nicht aus ihrem Zimmer. Ich will diese Party, denn bis jetzt habe ich noch nie eine gemacht, war aber bei denen von meinen Freunden. Die Mama überlässt mir ihre kleine Wohnung. Ich werde alle Möbel aus dem Wohnzimmer rausschmeißen, Kissen auf den Boden legen und eine Lichtorgel mieten. Jorgos besorgt eine gute Stereoanlage, und Marina will mir beim Essen und mit den Getränken helfen.*

Wie ich meine Mama überzeugt habe? Aber sie hat doch selbst gesagt: »Wenn du ein Zeugnis mitbringst mit einer Gesamtnote über 18, dann machst du eine Party.« Und ich hatte 19,2! Was hätte sie da sagen sollen? Hätte sie da noch Nein sagen können? Natürlich rückt Oma ihre Wohnung, in der ich ja auch wohne, nicht heraus, aber das macht mir nichts aus. Mamas Wohnzimmer ist zwar klein, aber wir werden uns schon hineinquetschen!

Das Einzige, woran ich nicht gedacht hatte: Wer soll das alles bezahlen? Denn ohne Geld läuft natürlich gar nichts. Mama konnte mir nichts geben, Oma wollte nicht, wer blieb übrig? Papa.

Weil die Party nicht bei ihm zu Hause steigen würde, hatte er nichts dagegen. Als ich ihn aber um Geld bat, war er überhaupt nicht begeistert. Er war gerade aus Japan zurückgekommen, wo er mit seiner Frau und ihrer gemeinsamen Tochter hingefahren war, und jetzt war das Geld knapp. Ich drohte ihm, dass ich an einem Nachmittag meine ganzen

Freunde zu ihm nach Hause mitschleppen würde und so ... gab er nach! Er stellte jedoch eine Bedingung:

»Du gehst ins Frontistirio! Sonst studierst du nie Medizin!«

»Aber, Papa, ich bin ja noch nicht mal im Lyzeum. Meine Noten gehören zu den besten. Was soll ich mit dem Frontistirio? Soll ich meine Zeit da vergeuden?«

»Auf das Gute folgt das Bessere und dann das Beste. Du kannst dich noch verbessern. Ich gebe dir nur Geld für die Party, wenn du ins Frontistirio gehst.«

Was hätte ich tun sollen? Ich besprach es mit meiner Oma. Sie, die immer wollte, dass ich Musiker werde, rief sofort bei der Kosmas an, um sie nach ihrer Meinung zu fragen. Sie redeten nur kurz miteinander und sofort danach wählte Oma eine andere Nummer. Ich hörte, wie sie sagte:

»Ich bin es, deine frühere Schwiegermutter.«

...

(Papa antwortete irgendetwas, aber ich weiß nicht, was.)

»Ja, ich weiß, dass du dich wunderst, dass ich anrufe. Wir haben schon seit Jahren nicht mehr miteinander gesprochen.«

...

»Ich habe dich nicht angerufen, um mit dir zu streiten, sondern um dir zu sagen, dass ich mit dir einer Meinung bin: Der Kleine soll ins Frontistirio gehen. Wir müssen alles dafür tun, dass er auf die Universität kommt, und danach kann er machen, was er will. Und wenn du finanzielle Schwierigkeiten hast, werde ich aushelfen. Außerdem bezahle ich ja bereits die Musikschule, falls du dich erinnerst.«

...

»Schon gut, schon gut, und wer fragt ihn jetzt?«

...

»Sehr richtig, wenn er eine Party will, dann muss er auch seinen Verpflichtungen nachkommen!«

Sie legten auf, so als seien sie die allerbesten Freunde, ausgerechnet die beiden, die sich seit Jahren nur beschimpfen! Da fing ich an herumzubrüllen:

»Erstens bin ich nicht »klein«. Zweitens müsst ihr mich natürlich fragen. Drittens werde ich eine Party machen, ohne mich von euch erpressen zu lassen. Viertens, du willst, dass ich Musiker werde, und Papa möchte aus mir einen Arzt machen; verstehst du denn nicht, dass er mich in ein Frontistirio stecken will, damit ich Medizin studiere?«

Ich wartete die Antwort nicht ab. Ich ging aus der Wohnung und schmiss die Tür so heftig zu, dass der Knall bestimmt in ganz Athen zu hören war. Wo sollte ich hin? Zum Glück hatte ich die Schlüssel dabei und ging in Mamas Wohnung. Von dort aus rief ich Eleni an, und wir hingen zwei Stunden lang am Telefon. Ich erzählte ihr, was ich alles mitmache, weil ich nicht in dieses Frontistirio gehen will. Sie sagte mir, dass es gar nicht so schlimm wäre.

»Aber ich werde so viel Zeit vergeuden. Jeden Tag fahre ich nach der Schule dorthin. Und wenn ich nach Hause komme, muss ich auch noch Hausaufgaben machen. Sieben Stunden Schule, vier Stunden im Frontistirio und zwei Stunden für die ganze Fahrerei, das macht dreizehn Stunden. Und fünf Stunden Hausaufgaben machen achtzehn. Da bleiben mir noch sechs Stunden zum Schlafen, Essen, Telefonieren und Abhängen. Die arbeitende Bevölkerung hat seit Jahren den Acht-Stunden-Tag erreicht. Gilt das für Schüler etwa nicht? Nicht zu vergessen, dass ich am Samstag Musikschule und Italienisch habe. Was soll aus mir werden? Ein Roboter vielleicht?«

»Beim Hin- und Herfahren telefonierst du auf dem Handy und du isst im Bus. Außerdem bittest du im Frontistirio die Lehrer (als ob du das nicht kapiert hättest), dass sie dir die Aufgaben aus der Schule lösen. Unterm Strich: Du sparst Zeit und triffst neue Freunde, denn in den Frontistirio-Gruppen sitzen mindestens fünf Schüler. Was willst du

mehr? Wenn sich meine Eltern bloß auch überlegen würden, mich hinzuschicken.«

Weibliches Hirn! Was soll ich sonst dazu sagen? Ich betrachtete das alles in den düstersten Farben. Bald würde auch Mama kommen, die von Oma alarmiert worden war.

»Na so was, du kommst schon früher zurück?«

»Deine Oma hat ganz aufgeregt bei mir angerufen. Hör mal gut zu, Fotis, die Oma ist schon alt, und wir dürfen ihr keinen Kummer machen.«

»Und Papa. Ist der etwa auch schon alt?«

»Wir wollen alle nur dein Bestes. Geh in dieses Frontistirio, und wenn es dir nicht gefällt, werden wir Papa schon davon überzeugen, dass du damit wieder aufhörst. Okay?«

»Okay. In der Zwischenzeit lasst ihr mich aber die Party machen!«

Ich packte sie und drückte ihr einen Kuss auf die Backe. Bevor ich sie auch auf die andere Seite küssen konnte, klingelte es an der Tür. Es war Papa. Oma hatte auch ihn informiert. Nun stand er vor uns. Und direkt hinter ihm kam die Verräterin, der Alptraum in Person: meine Oma.

»Hier steckst du also und jagst uns einen solchen Schrecken ein?«, sagten früherer Schwiegersohn und frühere Schwiegermutter wie aus einem Munde.

»Hier, natürlich, bei seiner Mama«, sagte die Tochter und frühere Ehefrau voller Stolz und bevor ich, der Sohn und Enkel, sprechen konnte, fuhr sie fort: »... und er hat vor, euch zu sagen, dass er ins Frontistirio gehen wird, um zu sehen, wie es ist ...«

»Bravo, mein Sohn!«

»Bravo, mein Enkelkind!«

So wurde ich im Frontistirio angemeldet, in einem Sommerkurs, der einen auf das nächste Schuljahr vorbereitet. Der Kurs dauerte vom 20. August bis zum 10. September, denn am 11. fing die Schule wieder an. Danach sollte ich – falls es mir gefällt – das ganze Schuljahr weitermachen.

Ich würde jeden Morgen um 10.30 Uhr hingehen und um 14.30 fertig sein. Wenn ich einen Tag nicht hingehen oder mehr als zehn Minuten zu spät kommen sollte, würden sie Papa anrufen. Reinste Zwangsarbeit, könnte man sagen, wenn meine Mitschüler nicht so super sympathisch gewesen wären. Wir waren insgesamt drei Jungs und vier Mädchen. Die anderen beiden Jungen, Kostas und Nikolas, waren keine besonderen Leuchten in der Schule, aber klasse Sportler und in einer Jugendmannschaft, die bei der Polo-Meisterschaft den zweiten Platz geholt hatte. Den ganzen letzten Winter sind sie jeden Morgen um sechs aufgestanden und ins Schwimmbad gegangen, haben trainiert und sind danach, um acht, in die Schule gegangen. Um drei Uhr nachmittags waren sie wieder im Schwimmbad. Sag mal echt, wie sollen sie da gut in der Schule sein? Ihre Eltern beschlossen, sie im Frontistirio anzumelden, damit sie wenigstens in den Hauptfächern ihre Lücken schließen. Von den Mädchen waren drei mittelprächtige Schülerinnen, die sich anstrengten, etwas besser zu werden. Das vierte aber war spitzenmäßig! Ein Stern – leuchtend und unerreichbar. Sogar die Lehrer hat sie korrigiert. Sie heißt Katerina Kopanaki und kommt aus Kreta. Ihr Vater ist Fabrikbesitzer. Was sie genau in seinen Fabriken herstellen, habe ich nicht kapiert. Irgendwelche Rohre, glaube ich. Bis letztes Jahr haben sie auf Kreta gewohnt, aber sie sind nach Athen gekommen, weil sie auch hier eine Fabrik aufmachen wollen! Es ist ein Mädchen, das total …, das unheimlich …, das super hübsch ist. Mit dunkelblonden Haaren, die ihr bis auf die Schultern fallen und hellbraunen Augen. Schlank, nicht zu groß und nicht zu klein und immer mit unwahrscheinlich tollen … und teuren Klamotten. Ich hätte nie gedacht, dass ich einmal so ein Mädchen kennenlernen würde. Natürlich hatte ich nur freundschaftliche Gefühle ihr gegenüber, denn die anderen waren für Eleni … reserviert. Katerina und ich wurden super gute Freunde. Langsam und allmählich fingen die anderen an, uns als Klassenstreber anzusehen, weil wir alle Aufgaben richtig lösten, alle Antworten wussten und uns immer als Erste meldeten. Ehrlich gesagt: Ich lernte zu Hause, um sie einzuholen. Oma war stolz und rief Papa an, um ihm die Neuigkeiten mitzuteilen, damit er sich auch freut. Als er einmal kam und mich beim Lernen antraf, holte er aus seinem Portemonnaie dreihundert Euro und sagte zu mir:

»Bitte schön, für die Party.«

»Wir brauchen noch fünfzig mehr«, sagte ich, ohne vom Buch aufzublicken, und er darauf …

»Bitte schön, noch fünfzig, damit du mich auch einlädst.«

»Äh, für ältere Leute: Eintritt verboten!«

Eigentlich würde die Party sechshundert Euro kosten, von denen mir Oma aber schon dreihundert gegeben hatte. Also blieb der Rest für mich.

Als ich Katerina das alles erzählte, musste sie lachen und versorgte mich mit Ideen für die Party. Danach besprach ich alles mit Eleni. Man kann nicht gerade behaupten, dass sie von meiner Freundschaft zu Katerina besonders begeistert war.

Alles, was wir beschlossen hatten, teilte ich nun Mama mit. Schließlich würde sie uns ihre Wohnung zur Verfügung stellen. Also musste sie auch zustimmen.

Nikolas erzählte uns einmal, dass er und Kostas am nächsten Tag kein Training hätten. Wir sollten doch alle nach dem Frontistirio zu ihm ins Ferienhaus zum Schwimmen kommen. Das klang gut. Also ging es am nächsten Tag, kaum war der Unterricht zu Ende, ab an den Strand. Als wir ankamen, warfen Kostas und Nikolas ihre T-Shirts in die Ecke und sprangen ins Meer. Was hatten die bloß für Körper?! Und was für Schultern?! Doppelt so breit wie meine. Die Mädchen zogen ihre Sachen aus und sprangen sofort hinterher. Alle außer Katerina. Sie setzte sich zu mir unter einen Sonnenschirm.

»Gehst du nicht schwimmen?«, fragte sie mich.

»Gleich, ich vertrag' die Sonne nicht.«

Was hätte ich ihr denn sagen sollen? Dass ich in allem gut war und nur in Sport eine Null? Ich überlegte mir, wie ich sie vielleicht beeindrucken könnte, und ich kam darauf: mit Musik! Ich fing an, mit ihr über Musik zu reden. Und weil alle irgendetwas über moderne Songs wissen, erzählte ich ihr etwas über klassische Musik. Sie schaute mich verwundert an. Jetzt zückte ich meinen Joker: Italienisch. Kaum fing ich an, mit ihr Italienisch zu sprechen und leise Verdi-Arien zu singen, schmolz sie dahin und … begann zu weinen.

»Was hast du denn?«

»Auf Kreta hatte ich keinen Freund so wie dich.«

Ich bin einmalig, dachte ich, aber ich sprach es nicht aus. Stattdessen sagte ich: »Aber jetzt hast du einen.«

»Ja, nur, dass ich mich entschieden habe, mit dem Frontistirio aufzuhören! Es bringt mir nichts. Ich denke, ich nehme Privatstunden. Aber ich will dich nicht verlieren.«

»Ich auch nicht. Ich dachte, dass wir den ganzen Winter über zusammen sind.«

»Mein Vater will, dass ich Wirtschaft studiere, damit ich seine Jobs übernehmen kann. Aber ich will nach Italien und Design studieren. Italien ist fantastisch: die Kleidung, die Schuhe, die Parfüms, am liebsten hätte ich alles, was italienisch ist. Als ich klein war, haben sie mich jedes Jahr in den Sommerferien in ein Kolleg in die Schweiz geschickt. Dort war ich nur mit Italienern zusammen. Und wenn ich mich je verlieben sollte, dann nur in einen Italiener!«

Aha, das heißt also, wir Griechen sind dir nicht gut genug?, dachte ich, aber ich schluckte es runter. Stattdessen sagte ich: »Es kann sein, dass wir mit meiner Schule nach Italien zum Schüleraustausch fahren. Dort findet die Europäische Schülermeisterschaft im Schachspielen statt.«

»Aber ich spiele richtig gut Schach!«

»Ja, nur du gehörst nicht zu meiner Schule!«

»Was würdest du dazu sagen, wenn doch?«

Ich wurde ganz verrückt vor Freude. Im Frontistirio müsste ich zwar ohne sie leben, aber dafür könnte ich sie jeden Tag in der Schule sehen!

»Wären denn deine Eltern damit einverstanden? Das ist eine Privatschule.«

»Bestimmt. Wir sind ja noch nicht lange in Athen, und meine Eltern haben keine Ahnung, welche Schule hier gut ist oder nicht. Ich sage ihnen einfach, dass uns diese Schule im Frontistirio empfohlen wurde, und dass der beste Schüler aus der Gruppe dort hingeht.«

Ich war stolz und freute mich riesig. Doch was sollte ich nun mit dem Frontistirio machen?

Angriff auf ganzer Front. Das war die Lösung.

»Papa, hör mal«, sagte ich extra laut am Telefon, damit es auch Oma mitbekam, »das Frontistirio bringt mir nichts. Ich bin dort der beste Schüler und vergeude nur meine Zeit. Wenn ich etwas brauche, dann sind das ein paar Privatstunden.«

»Das Frontistirio deckt alles für dich ab und ist auch günstiger.«

»Aha, jetzt warst du ehrlich. Du willst bloß kein Geld für deinen Sohn ausgeben.«

»Du bist undankbar. Gehst du vielleicht nicht in eine teure Privatschule? Gehst du vielleicht nicht zur Musikschule? Machst du vielleicht kein Italienisch?«

»Dafür löhnt aber auch Oma. Wenn du mir die Privatstunden nicht bezahlen kannst – auch egal. Ich werde es schon irgendwie schaffen. Ins Frontistirio gehe ich im Winter jedenfalls nicht.«

Oma, die sich nicht länger beherrschen konnte, rief aus der Küche: »Du gehst, ob du willst oder nicht!«

Papa hörte sie, und ihr unheiliges Bündnis startete den letzten Angriff.

»Deine Oma hat Recht. Wir beschließen hier, was gut für dich ist. Du hast keine Ahnung.«

Geduldig fuhr ich meine Geschütze auf und zielte (mit Worten) auf die Oma:

»Oma, hör bitte auf. Ich spreche jetzt mit Papa, mit dem Mann, der das Leben deiner Tochter zerstört und bei mir nichts als psychische Probleme verursacht hat. So, wie du es vorgestern einer deiner Freundinnen erzählt hast.«

Die nächste Wort-Bomben-Attacke galt Papa.

»Hör mal, Papa, ich habe diesem Drachen hier gesagt, sie soll sich nicht einmischen. So nennst du sie doch immer. Dieser Drachen, der Mama und mich total tyrannisiert, und der, wie du mir erzählt hast, der Grund dafür war, warum du ausgezogen bist.«

Beiden verschlug es die Sprache.

Papa entschloss sich, das Schweigen zu brechen.

»Ich komme jetzt vorbei. Lass uns miteinander reden, mein Großer!«

Bis er kam, musste ich mich gut vorbereiten. Ich rief zwei, drei Freunde an, Eleni und natürlich Katerina.

Katerina hatte ihre Eltern bereits überzeugt, sie in unserer Schule anzumelden, und sie brachte mich auf die hervorragende Idee, dass wir zusammen Privatstunden nehmen könnten, damit der Unterricht für jeden weniger kostet. Wenn ich doch auch Eleni davon überzeugen könnte!

Ich empfing Papa mit ganz neuem Schwung.

»Hör zu, Vater. Ich will nicht, dass du unnötig Geld ausgibst! Das Frontistirio war herausgeschmissenes Geld, weil es mir nichts gebracht hat!

»Und was hast du nun vor?«

»Eine Freundin von mir hat sich überlegt, dass wir zusammen Privatstunden nehmen könnten. Das würde weniger kosten als das Frontistirio, und es bringt auch mehr.«

»Wie oft in der Woche?«

»Nur zwei Mal. Ich bin ein guter Schüler. Das reicht mir, um mich auf die Prüfungen vorzubereiten.«

Papa leistete keinen Widerstand. Doch nicht nur das, ich glaube, er fand die Idee sogar richtig gut: Geld sparen und Erfolg erzielen in einem. Er wollte es nur nicht zugeben. Er wollte nicht sagen, dass ich Recht hatte.

Oma war in der Küche. Sie sagte gar nichts dazu. Sie traute sich nicht einmal heraus. Bestimmt war sie sauer auf mich und hatte außerdem Angst vor Papa. Ich beschloss, ihr eine Freude zu machen.

Als ich Papa zur Tür brachte und er mich fragte, wann ich die Party mache, sagte ich ihm:

»Ich weiß noch nicht. Ich will auch die Jungs und Mädchen aus der Musikschule fragen, ob sie Zeit haben. Denn eins musst du wissen: Egal, was ich auch studieren werde, mit der Musikschule höre ich nicht auf. Ich werde sowieso Musiker und gründe »Musikania«, den Staat der Musik.«

Von: michele.crismani@libero.it
An: fotispower@hellasnet.gr

Lieber Fotis,

also gut. Erst sagst du »ja«, das nächste Mal heißt es »nein«. Und jedes Mal bin ich so blöd, dir zu glauben. Danach fühle ich mich noch bescheuerter als ich es sonst sowieso schon tue.

Glücklicherweise habe ich zu Hause mehr Freiheiten als du (auch wenn ich mir wie ein Sklave im Alten Rom vorkomme), und meine Briefe werden nicht zensiert wie beim CIA.

Du meinst, die Juliano hält mich für ein Genie? Das musst du mir genauer erklären. Wann und wo hat sie das zu dir gesagt? War noch jemand dabei? Könnte man diesen Satz aufzeichnen, egal wie? Diese Erkenntnis ist eine Sensation. Ich dachte bis jetzt immer, sie hält mich für einen Analphabeten, mit der Lizenz zur Dummheit.

Was deine Versuche betrifft, mir Schach zu erklären, habe ich rein gar nichts verstanden. Klar ist aber, dass ich mit meinem Vater noch mehr üben muss. Außerdem muss ich mich bei der Juliano besser verkaufen, als ich wirklich bin.

Klar ist auch, dass du bei mir wohnen kannst. Ich habe alles schon mit meinen Eltern abgeklärt. Natürlich haben sie wie immer erst ein bisschen gemeckert, aber dann waren sie einverstanden. Meine Mutter findet den Kulturaustausch im Prinzip übrigens ganz toll und sehr wichtig. Mein Vater denkt eher praktisch. Er findet es spitze, einen griechischen Jungen bei uns aufzunehmen, aber er wäre noch begeisterter, wenn es auch in

Griechenland eine Familie gäbe, bei der ich wohnen könnte.

»Dass du immer nur ans Geld denken musst!«, kritisierte meine Mutter. Mein Vater fühlte sich wieder einmal missverstanden. Ums Geld ginge es dabei überhaupt nicht. Aber rot geworden ist er trotzdem.

Egal: Du kannst auf alle Fälle bei mir wohnen. Unter einer Bedingung: Kein Schach!

Du schreibst, du sprichst Italienisch, ich aber kein Griechisch. Na hör mal! Könnte das vielleicht daran liegen, dass Italienisch eine ganz normale Sprache ist? Mit normalen Buchstaben und nicht mit diesen seltsamen Zeichen, die ihr Griechen benutzt. Das gilt übrigens auch für Russisch und Chinesisch. Zugegeben, ich mag vielleicht nicht besonders klug sein. Aber eins verstehe ich absolut nicht: Warum verwendet ihr alle diese unleserlichen Hieroglyphen? Wäre es nicht viel einfacher, wenn wir alle das gleiche Alphabet benutzen würden? Natürlich ist mir klar, dass es verschiedene Sprachen gibt und ich kann auch verstehen, dass nicht alle Menschen Italienisch sprechen wollen. Aber mir geht einfach nicht in den Kopf, dass ihr Lesen und Schreiben so kompliziert machen müsst.

Kein Wort über Italiens peinlichen Auftritt bei der Europameisterschaft. Ich bin am Boden zerstört.

Ich hoffe, dass jetzt Griechenland gewinnt, dann wärst wenigstens du glücklich.

Katerina interessiert mich sehr. Was genau willst du über Arundhati und Michelle wissen? Ob sie gut aussehen, oder so?

Also, ich probier's mal. Michelle ist auf Martinique oder irgendeiner anderen dieser Karibischen Inseln geboren. Ihr Vater ist Italiener, aber ihre Mutter ist schwarz. Deshalb hat Michelle natürlich eine dunklere Hautfarbe als wir, aber richtig schwarz ist sie nicht. Ihre Hautfarbe erinnert an Schokolade, nur ein bisschen heller. Sie ist wirklich hübsch, mit lockigen dunklen Haaren, die sie kurz trägt. Vielleicht ist sie ein bisschen zu dünn, aber die ... Naja, du weißt schon: Sie hat das, was Frauen haben müssen. Und ihre Augen! Groß und rund wie zwei CDs. Leider ist Michelle (ich muss es dir sagen) mit einem Typen namens Nicola zusammen, der schon ein Auto hat. Logisch: Gegenüber einem dreizehnjährigen Schüler wie du und ich, ist ein Achtzehnjähriger mit Auto klar im Vorteil. Michelle hat nicht lange gezögert.

Arundhati kommt aus Indien. Ich frage mich unter anderem (und du Schlaumeier kennst bestimmt die Antwort), warum die Worte Inder und Indianer so ähnlich klingen.

Arundhati ist jedenfalls auch hübsch. Auch sie hat pechschwarze Haare, so schwarz wie die Nacht (siehst du, wenn ich mir Mühe gebe, schreibe ich tolle Sätze), ein sanftes Gesicht und große Augen. Wenn ich so darüber nachdenke, hat sie sogar Ähnlichkeit mit Michelle. Wahrscheinlich stehe ich immer auf den gleichen Typ Mädchen.

Und wie ist Katerina so? Erzähl mir bloß nicht, dass sie auch schwarze Haare und große Augen hat, denn sonst haue ich sofort von zu Hause ab und komme als blinder Passagier mit einem Schiff nach Griechenland. Noch dazu, weil sie auf Italiener steht – und ich bin Italiener!

In Italien gibt es keine Nachhilfeschulen wie bei euch. Wir nehmen Privatstunden bei Lehrern oder Studenten, die uns gegen Bezahlung alles beibringen, was wir wissen müssen. Ich hätte das auch nötig, aber meine Eltern sagen immer, sie hätten nicht genug Geld, um es für so was aus dem Fenster zu werfen. Ich müsste schon allein zurechtkommen. Und ich komme auch irgendwie klar, mehr schlecht als recht, aber es geht. Für die Schule habe ich einfach kein Talent.

Den Anhang zu deiner E-Mail lese ich heute Abend, bevor ich ins Bett gehe. In der Zwischenzeit schicke ich dir diesen Brief. Hier ist er:

Mike »Music« Crismani, Top-DJ aus Triest on tour. Unterwegs zur Rettung seines Freundes Fotis!

Keine gute Party ohne zwei Arten von Musik: Einmal was Fetziges, um ordentlich Dampf abzulassen. So was wie Green Day, Godzilla oder Eminem. Am coolsten wären Ramones, meine Lieblingsband. Allerdings fürchte ich, dass du noch nie von der Band gehört hast.

Und was die, sagen wir, intimere Musik angeht, bei der man mit den Mädchen Blues tanzen kann – damit habe ich keine Erfahrung. Aber ich habe gehört, dass das gut funktioniert:

Du legst langsame und softere Songs auf, Coldplay, David Gray oder Ligabue. Der ist Italiener, aber ich weiß nicht, ob es seine CDs auch in Griechenland gibt. Ligabue ist praktisch, denn er macht auch rockigere Stücke und du kommst mit einer CD aus.

Ich würde dir auch eine CD aufnehmen, aber bis sie bei dir ankommt, ist deine Party schon längst vorbei.

Viel Spaß.
Bis bald,
Michele

Von: fotispower@hellasnet.gr
An: michele.crismani@libero.it

Hi Michele,

meine Party ist gelaufen und war ein voller Erfolg. Ich habe sowohl Green Day als auch Godzilla gespielt und viel Eminem. Die langsamen Stücke, die du mir aufgeschrieben hast, habe ich nicht gefunden! Ich habe aber andere genommen, und wir haben eng umschlungen mit den Mädchen getanzt. So eng, dass ich Eleni fast zerquetscht hätte. Vielleicht hätte ich es tun sollen.

Und jetzt zum griechischen Alphabet. Hier hast du echt Unrecht. Das heißt, okay, es ist schon schwierig, aber es ist ja auch viel älter als die lateinischen Buchstaben. Und alle Meisterwerke, auf die sich die westliche Kultur stützt, wurden mit ihm geschrieben. Upps, ich schreibe schon wie ein Erwachsener. Also, ich habe jetzt keine Zeit für lange Mails! Aber eins muss ich dir noch verkünden: Ich komme!

Die Kosmas hat den Antrag unterschrieben und das Ministerium hat genehmigt, dass ich an den Schach-Wettkämpfen teilnehme. Ich habe angegeben, dass ich bei dir wohnen werde, und so wurde mein Antrag angenommen. Ich habe deine Adresse eingetragen und deinen Namen, und die Kosmas hat bestätigt, dass du … existierst. Ich glaube nicht, dass Eleni und Katerina mitkommen werden. Sie wussten nicht, was sie schreiben sollten, wo sie wohnen werden usw. und haben gar keinen Antrag gestellt. Es kommen aber noch Jungs und Mädchen aus anderen Schulen in Griechenland. Ankunft: Dienstag, den 30. September um 10 Uhr morgens mit dem Schiff »Anek« im Hafen von Triest. Kurz bevor ich da bin, rufe ich dich an. Dann kannst du dich auf den Weg machen. Trainier mal schön in der Zwischenzeit, denn alle glauben, dass du ein echtes Ass im Schachspielen bist.

Wunderst du dich, dass Eleni nicht mitkommt und ich trotzdem so locker bin? Also gut, sie hat etwas mit einem aus der ersten Lyzeumsklasse angefangen. Der hat sogar ein Moped! Genau das Gleiche wie mit deiner Michelle. Mädchen eben, was erwartest du! Aber ich habe sie gestrichen, habe die *delete*-Taste gedrückt, und ich komme, damit du mich Arundhati vorstellst. Oder irgendeiner anderen, ganz wie du meinst.

Wie du mich erkennst? Ich bin ein bisschen pummelig (ich muss ein paar Kilo abnehmen), nicht groß, nicht klein (ich will noch ein paar Zentimeter wachsen), braune Haare, grüne Augen. Ich rasiere meinen Oberlippen-Bart und jedes andere Haar, das hier und da aus meinen Wangen sprießt. Meine Haare kämme ich mit Gel zurück. Ein Foto schicke ich dir nicht. Mal sehen, ob du auch so merkst, wer ich bin. Wenn nicht, sprechen wir auf dem Handy, bis du mich erkennst.

Ich komme! Italien, mach dich bereit!
Dein griechischer Freund.
Fotis

Sms

Bin auf dem Schiff.
Legen aus Patras ab.
Bin in 36 Stunden da.
F.

36 Stunden!!!!!
Wahnsinn.
Und wenn du seekrank wirst? ☺
M.

Fahren an Korfu vorbei.
Komm pünktlich zum Hafen.
Die anderen nicht zum aushalten.
Sprechen nur über Schach.
F.

Hole dich ab. Habe das Handy an.
Nichts über Schach.
Ist für mich wie griechisch.
Sei nicht sauer.
Cu Michele

Ich lache und schalte das Handy aus.
Wer sollte mich schon anrufen?
Mama? Schwierig!
Papa? Unwahrscheinlich!
Eleni? Unmöglich – ich habe meine Nummer geändert und es ihr nicht gesagt.
Oma? Ganz bestimmt!
Deshalb schalte ich ab!
Schade, dass ich keine Möglichkeit habe, Michele E-Mails zu schicken. Also, ich werde in Gedanken mit ihm sprechen und ihm dann alles sagen, wenn wir uns treffen. Ich reise zusammen mit zwei Schülern, einem Jungen und einem Mädchen. Beide sind Schachmeister, und ihr Trainer hat sie davon überzeugt, den Antrag für die Reise einzureichen. Außerdem gibt es noch zwei Zwillingsschwestern, Nichten eines Beschäftigten des Erziehungsministeriums, der für die europäischen Programme zuständig ist. Sie tun so, als ob sie sich für Schach interessieren, aber ich bin mir sicher, dass sie keinen Schimmer davon haben. Lass sie nur glauben, dass ich perfekt Schach spiele. Schon bald wird sich mein Nicht-Wissen zeigen. Aber es ist mir egal.
Du glaubst nicht, dass ich wirklich komme, was?
Schon gut, du hast Recht.
Am Anfang wollte ich diese Reise bloß machen, um mit Eleni zusammen zu sein, weit weg von unseren Eltern. Als ich sie aber im Arm von dieser langen Latte aus der ersten Lyzeumsklasse gesehen habe, war das, als würde in mir ein Schalter umgelegt. Ich beschloss, in deine Stadt zu kommen, nur um dich zu treffen. Die ganze Zeit bist du der einzige Mensch auf der Welt, der meine Gedanken

kennt. Und das kommt daher, weil du aus einem anderen Land bist, so dass du, selbst wenn du es wolltest, mich nicht verraten könntest.

Aber wenn du es könntest, würdest du es dann tun? Würdest du allen sagen, was ich denke, und vor allem, was ich über Eleni denke? Oder würdest du den Mund halten?

Was?

Du bist dir nicht so sicher? Das würdest du mir antworten, wenn du mich jetzt hören könntest?

Wirklich?

Na, du kannst was erleben. Ich weiß schon, wie ich dich reinlegen werde!

Triest, unterwegs

Heute ist der große Tag und ich, Michele Scimitarra Crismani, Admiral der Triestinischen Piratenflotte, habe mich auf den Weg gemacht, um meinen griechischen Korsarenfreund Kapitän Fotis Paskos abzuholen. Wir haben Ende September, es regnet und der Wind bläst: Ein idealer Tag für das Zusammentreffen zweier alter Haudegen, die abertausende siegreich bestrittene Schlachten auf den Meeren dieser Welt zusammengeschweißt haben.

Der furchterregende italienische Piratenboss stürmt die Straßen zum Hafen hinunter. Die Passanten weichen respektvoll und ein wenig ängstlich zur Seite, wenn sie die schlanke Silhouette mit den dunklen Haaren vor sich sehen. Haare, so schwarz wie der Nachthimmel über Sumatra. Bevor das Schiff des griechischen Kampfgefährten anlegt, ist noch etwas Zeit, doch er beeilt sich. Skrupellose Feinde könnten Kapitän Fotis in einen Hinterhalt locken und Commander Michele müsste zur Stelle sein, um seinem Blutsbruder mit dem Schwert zur Seite zu stehen.

Aber zuerst einmal ist es Zeit für ein dickes, fettes Eis.

Ankunft in Triest

Triest lag klar und deutlich vor uns. Mein Plan, mir einen Spaß mit dir zu erlauben, an den du dich dein Leben lang erinnern wirst, tritt in Kraft. Ich gehe hinunter in die Kabine des Lehrers, der uns begleitet. Er ist Mathelehrer in einer Schule, weit weg von Athen, und er betet das Schachspielen an. Vor der Reise kannte er mich nicht. Ich glaube, ich bin ihm sympathisch … er glaubt mir alles, was ich ihm sage. Schon bald wird er seine Meinung ändern.

Ich erkläre ihm, dass du, mein Freund, bei dem ich wohnen werde, schon am Hafen bist und auf mich wartest!

Er glaubt es. Und warum sollte er es auch nicht glauben? Es ist ja die Wahrheit. Ich sage ihm also, du hättest mich per SMS benachrichtigt. Wie sollte er sich auch vorstellen können, dass ich in einer fremden Stadt zu solchen Scherzen aufgelegt bin!

»Ich werde als Erster aussteigen, um ihn nicht warten zu lassen«, sage ich ihm.

»In Ordnung. Sieh nur zu, dass du nicht zu spät kommst, denn am Nachmittag gehen wir dort hin, wo die Wettkämpfe ausgetragen werden. Sag den Eltern deines Freundes, dass sie dich um drei zur Piazza Guglielmo Oberdan bringen sollen. Da fährt die Straßenbahn ins Carso ab.«

Ich hole meinen Rucksack aus der Kabine und gehe runter. Ich bin als Erster an der Landebrücke. Ich höre den Lärm, als das Schiff anlegt. Die Landebrücke wird langsam heruntergelassen. Ein Matrose nimmt die Kette weg, die mir den Weg versperrt. Ich mische mich unter die Leute und renne aufs Festland. Ich betrete Italien. Jetzt werde ich mich verstecken, damit du mich suchen musst. Du wirst nach einer Gruppe von Schülern mit einem Lehrer Ausschau halten, die sich verloren umschauen. Ich werde dich erkennen und mich heimlich von hinten anschleichen.

Wie solltest du das ahnen? Derjenige, den du suchst, also ich, ist direkt hinter dir. Und wenn du verzweifelt aufgibst und kurz davor bist, vor lauter Nervosität loszuheulen, und dein Handy herausholst, um mich anzurufen, dann werde ich dich ansprechen. Meine Stimme wird nicht aus dem Handy kommen. Ich werde direkt neben dir stehen! Ha, ha das wird ein Spaß! Genau das richtige für unser erstes Treffen.

Aber wo ist mein Handy überhaupt? Seit Korfu habe ich es ausgeschaltet.

Ich suche es in meinem Rucksack, finde es, ich schalte es an, aber …

Meine Oma hat für mich den billigsten Vertrag abgeschlossen. Ohne Prepaidkarte, denn sie will die Telefonrechnung sehen. Ich hatte Papa gesagt, dass er dieses »International Roaming«, also diese Weiterleitung ins Ausland beantragen soll. Dabei sollte er auch die Erklärung abgeben, dass er meine Rechnung mit seiner Kreditkarte bezahlen wird. Hat er das etwa vergessen? Hat er vielleicht gemerkt, dass es für ihn ungünstig ist? Will er die Oma losschicken, damit sie mit ihrer Kreditkarte diese Erklärung abgibt? Ich weiß nicht, was passiert ist. Ich weiß nur, dass mein Handy außerhalb Griechenlands NICHT FUNKTIONIERT!

Im Hafen von Triest

Als Michele Scimitarra Crismani am Hafen ankommt, hat er ein leckeres Schoko-Nuss-Eis auf der Faust. Das riesige Schiff hat schon angelegt und die Passagiere gehen gerade von Bord. Sie drängen sich zum Ausstieg, während aus dem Bauch der Fähre ein Auto nach dem anderen herausquillt. Es ist die *Anek*, die Fähre aus Griechenland. Commander Crismani blickt sich auf der Suche nach Käpt'n Fotis verzweifelt um, aber sein Freund ist nicht zu sehen. Vielleicht ist er doch in einen Hinterhalt gelockt worden? Vielleicht liegt er verwundet in einer dunklen Ecke der *Anek*?

Vielleicht hofft er verzweifelt auf Hilfe von seinem italienischen Freund?

Genau deshalb zögert Michele Scimitarra Crismani, Admiral der Triestinischen Piratenflotte, keine Sekunde und macht sich furchtlos auf den Weg, die *Anek* zu entern.

Michele nutzt das heillose Durcheinander aus Passagieren, Verwandten und Neugierigen, um die Reling entlangzustürmen. Seine drahtige Gestalt verschwindet in der Menschenmenge, die in die entgegengesetzte Richtung schiebt. Geschickt schlängelt er sich durch und erreicht in Rekordzeit die Brücke der *Anek*. Er schaut sich um. Zu seiner Linken das durch den Borasturm aufgewühlte Wasser, zu seiner Rechten der Gebäudekomplex des Kongresszentrums, hinter sich die Führerkabine des Schiffes und unter ihm das Gewimmel der von Bord gehenden Passagiere. Aber wo ist Fotis?

Er muss ihn finden, wer weiß, vielleicht ist sein Leben in Gefahr? Der Admiral hat keine Zeit zu verlieren. Sicher, ich könnte Fotis auf dem Handy anrufen. Aber wenn ich auf die moderne Technik zurückgreife, dann ist es ja kein richtiges Abenteuer mehr. Vor allem, wenn es sich um so ein uncooles, superbilliges Modell handelt, wie das Handy, das mein Vater mir gekauft hat.

Ich rufe Fotis also nicht an. Es ist doch viel spannender ihn auf eigene Faust und ohne fremde Hilfe zu suchen, so wie in den Piratenfilmen: wie Johnny Depp in … – Mist, ich habe den Namen des Films vergessen. Wahrscheinlich aus Protest, weil ihn alle Mädchen so toll fanden, ich aber gar nicht.

In Triest, unterwegs

Michele, wo bist du? Oder, besser gesagt, wo bin ich? Ich kann dich in der Menschenmenge nicht entdecken, die vor dem Schiff auf die Reisenden wartet.

Ich schaue mich um. Eine schöne Stadt. Eindrucksvolle Gebäude. Ich gehe ein paar Schritte. Vielleicht stehst du ja etwas weiter weg. Was heißt hier »etwas weiter weg«? Ich bin schon ziemlich weit gegangen. Weiter unten liegt ein großer Platz. Ich gehe hin. Piazza dell' Unità d' Italia. Im hinteren Teil des Platzes ein fantastisches Gebäude, sieht aus wie ein Palast. Oben auf seinem Dach eine Uhr. Das gibt es doch nicht! Es ist schon 11.30 Uhr. Wie lange habe ich getrödelt?

Wo bist du, Michelino? Vor dem Palast liegt der Platz und am Rand gibt es eine Treppe, die zum Meer führt. Als würden hier die Wassernixen aus dem Meer steigen und sich zu ihrem Palast bewegen.

Ich darf mich nicht zu weit entfernen. Ich schaue in Richtung Schiff: Es steigt niemand mehr aus. Im Gegenteil, Menschen und Autos strömen jetzt hinein.

Michele, ich bin es, der hier die Scherze macht! Und du, wo steckst du?

So läuft das also, he?

Kleiner Scherz? Mit einem Freund, der gerade erst in dieses Land gekommen ist und dessen Handy nicht funktioniert?

Da ist er. Ich sehe einen Typen. Das ist bestimmt Michele. Genau so hatte ich ihn mir vorgestellt. Ich habe ihn die ganze Zeit nicht erkannt, weil er eine rote Ferrari-Kappe trägt und so tut, als ginge ihn das alles nichts an. Ich verstecke mich hinter einer Säule. Er geht an mir vorbei und schaut auf die Straße und das Meer. Ich würde am liebsten losplatzen, aber ich beherrsche mich. Ich folge ihm. Er geht zur Hafenstraße. Er bleibt stehen, um sich eine Flasche Wasser zu kaufen. Eine gute Gelegenheit, mich umzuschauen. Wir haben den Platz hinter uns gelassen. Das glaube ich jetzt nicht. Ich stehe vor einer griechisch-orthodoxen Kirche, dem Heiligen Nikolas geweiht. Bis er sein Wasser getrunken hat, will ich eine Kerze anzünden. Ich gehe hinein und bestaune die alten Ikonen. Wenn die Oma hier wä… Oh nein, daran will ich nicht einmal denken!

Ich gehe sofort wieder hinaus.

Aber wo ist er hin? Ich suche nach der roten Kappe. Wie ich sehe, fahren hier gar keine richtigen Ferraris auf den Straßen. Egal. Da ist er. Er geht schnell weiter. Am besten renne ich.

Was für ein Blödmann, er hat mich nicht gefunden und geht einfach weg?

Wo geht er denn hin?

Wahrscheinlich will er mein Verschwinden melden! Ich hinter ihm her. Sobald er eine Polizeiwache betritt, spreche ich ihn an. Bis dahin soll er sich nur ruhig Sorgen machen.

Ich blicke hinter mich. Die *Anek* – legt ab. Mach es gut, mein liebes Schiff. Nimm alle Sorgen mit – zusammen mit dem Kummer wegen Eleni – und fahr nach Griechenland.

Ich beeile mich lieber.

Die rote Kappe rennt.

Wir nähern uns einem Kanal. Das Meer dringt in die Stadt ein. Canale Grande. Rechts und links Schnellboote. Und dort weist ein Pfeil auf die Kirche zum Heiligen Spyridon. Ich sehe eine Kirche mit hellblauen Kuppeln. Bestimmt griechisch-orthodox. Es wird hier viele Griechen geben. Zum Glück, denn jetzt, wo das Schiff abgefahren ist, fühle ich mich verdammt unsicher.

Bis ich mich wieder umdrehe, ist die rote Kappe verschwunden. Nein, da ist sie.

Das glaube ich jetzt nicht!

Er küsst ein sehr dunkelhäutiges Mädchen auf beide Wangen. Sie sieht wie eine Inderin aus. Das wird Arundhati sein. Und sie ist gekommen, um mich zu begrüßen. Das ist es! Darum hat mich Michele die ganze Zeit nicht gesucht. He, ich will es nicht zu weit treiben!

Ich lege mein entwaffnendstes Lächeln auf und gehe auf die beiden zu. Ich bleibe stehen, damit sie mich anschauen. Ich platze beinahe vor Lachen. Sie haben mich bestimmt schon erkannt. Sie sind sicher sauer, denn sie gucken so ernst. Sie stehen immer noch da und schauen mich ausdruckslos an.

Aber da, Michele hebt die Hand und grüßt mich.

Ich will ihm auf seinen Gruß antworten. Ein freies Taxi hält vor ihnen an. Hat er dem etwa ein Zeichen gegeben? Bevor ich begreife, was geschieht, steigen sie ein und verschwinden.

Sie verschwinden?

Ja, sie verschwinden!

Michele, das werde ich dir NIE verzeihen. Ich halte auch ein Taxi an. Ich steige ein und nenne dem Fahrer die Adresse. Ich weiß sie auswendig. Okay, ich habe mit diesen Späßen angefangen, aber du, Michele, du hast es echt übertrieben. Zu Hause, da werden wir abrechnen!

Inzwischen beginnt das Schiff zu schwanken, obwohl es doch so riesig ist und im Hafen ankert. Ich weiß jetzt, was du meinst! Klar, bei den Wellen. Mir kommt das Frühstück wieder hoch, Brioche, Milchkaffee, Schoko-Nuss-Eiscreme … Wohin? Wo ist das Klo? Ich kann doch nicht hier, vor allen Leuten … Ein Klo! Ein Königreich für ein Klo!

Ich folge dem Schild »WC«, dabei steigt der Inhalt meines Magens die Speiseröhre hoch und höher. Endlich stehe ich vor der Tür mit dem Männchen. Ich schaffe es gerade noch bis zum Waschbecken, dann gibt es kein Halten mehr. Und als ich die stinkende Brühe so vor mir sehe – zack. Noch ein Schwall. Mir ist hundeelend, ich fühle mich wie ein außer Kontrolle geratener Brummkreisel. Zack. Noch ein Schwall.

Ich blicke in den Spiegel und was sehe ich? Ein Gespenst. Was für ein Schock! Erneut ist das Waschbecken meine letzte Rettung.

Danach bin ich völlig fertig. Ich muss unbedingt ein Plätzchen finden, wo ich mich wenigstens ein bisschen ausruhen kann. In diesem Zustand darf Kapitän Fotis Commander Michele Simitarra Crismani auf keinen Fall zu Gesicht bekommen. Vor allem nicht mit dem verkotzten T-Shirt. Und wenn mein Freund schon wartet? Dann muss er sich eben noch ein paar Minuten gedulden. Wozu gibt es Handys?

Mein Gott, ich fühle mich zum Kotzen.

Zum Glück finde ich in einem Salon einen freien Sessel. Neben mir eine Familie, Vater, Mutter und zwei Kinder in meinem Alter. Ich schlafe sofort ein. Irgendwann schrecke ich hoch und haste auf die Brücke. Warum sind denn hier immer noch so viele Leute? Die Passagiere sind doch alle von Bord gegangen. Oh nein! Das sind die

Passagiere für die Rückfahrt! Das Schiff beginnt zu vibrieren, es bewegt sich und …

Das darf doch nicht wahr sein! Stopp! Wir sind hier doch nicht bei »Versteckte Kamera«! Aber der Steg ist schon eingeholt und die *Anek* tutet zur Abfahrt, die Matrosen wuseln herum, die Verwandten und Freunde auf der Mole winken zum Abschied. Die Passagiere winken zurück und schwenken ihre Taschentücher. Und das Schiff … Nein! Das darf nicht wahr sein! Die *Anek* legt ab. Warum hat mir das niemand gesagt? Sie hätten mich vorwarnen müssen, dass diese Kiste nach einem kurzen Aufenthalt sofort wieder weiterfährt. Was mache ich jetzt? Soll ich jemanden ansprechen? Ich habe keine Lust, als blinder Passagier den Haien zum Fraß vorgeworfen zu werden. Um mich herum ein seltsames Sprachengewirr: Das muss Griechisch sein! Ich verstehe nur Bahnhof. Wir entfernen uns immer weiter vom Ufer und dann … Eine geniale Idee! MEIN HANDY! Ich greife in die Hosentasche und nein. NEIN! OH NEIN! Mein Vater hat es mir tausend Mal gesagt und noch tausend Mal wiederholt: immer die Tastensperre einschalten! Sonst hast du das Handy in der Tasche und gerätst aus Versehen auf eine Taste und dann ist der Akku oder die Prepaidkarte leer. Ohne dass du telefoniert hast. Und dann, Michele, kommt ein Notfall …

Wie oft hatte er es gesagt und wie oft wiederholt? Und wie oft habe ich mich über ihn lustig gemacht, weil er sich so überflüssige Gedanken macht. Aber in diesem Fall, mein lieber Papa, hattest du Recht! Ein einziges Mal in deinem langen Leben als Vater hattest du Recht.

Und jetzt ist meine Prepaidkarte bis auf den letzten Cent leergefegt und mein Handy nutzt mir genauso wenig wie der Matheunterricht.

Verdammter Mist, verdammter. Und jetzt? Soll ich mich in die tobenden Fluten stürzen und versuchen, ans

Ufer zu schwimmen? Welch ein Triumph! Großes Chaos, Menschen, die ins Wasser springen, um mich zu retten. Presse, Funk und Fernsehen. Goldmedaille. Für Dummheit natürlich. Für meine Dummheit. Und wenn ich nicht springe? Diese Wellen sind wirklich nicht ohne, der Wind hat mindestens hundert Stundenkilometer drauf … was dann?

Aber das Schlimmste sind der Sturm, die Wellen und das Schaukeln … Mir wird schlecht. Mir wird kotzübel, während das Schiff sich immer weiter vom Festland entfernt, von Triest und von Italien. Und von Fotis. Weiter komme ich nicht. Es geht schon wieder los.

Zuhause bei Michele Crismani in Triest

Ein schönes Mietshaus. Älter als unseres, das aus den 50ern stammt. Vielleicht so alt wie Oma. Baujahr so um 1930, jedenfalls sieht es so aus. Ich schaue mir die Klingeln an und drücke auf die mit den Namen: Anna – Giancarlo – Michele Crismani.

»Wer ist da?«

»Fotis Paskos, aus Griechenland.«

Sie machen mir auf.

Ich gehe die Treppe hinauf bis in den vierten Stock. Micheles Mama wartet vor der Tür auf mich. Eine sympathische blonde Frau.

»Guten Morgen, Frau Crismani.«

»Ciao. Hat Michele denn keine Schlüssel?«

»Michele? Ach, wissen Sie, er hat ein Taxi gekommen und ist irgendwo hingefahren.«

Ich gehe hinein und fühle eine warme, familiäre Atmosphäre. Micheles Mutter ist richtig nett. Wir sprechen über die Reise und ich sage ihr, wie sehr ich mich freue, in Italien zu sein. Ich streichele Groucho, Micheles Kater, und entdecke, dass sie auch einen kleinen Hund haben, Orso Bimbo, der wie ein Teddybär aussieht. Sie fragt mich, ob ich Hunger habe, und stellt mir eine Minestrone hin. Ich bedanke mich und sie sieht so aus, als wüsste sie meine Höflichkeit zu schätzen. Ich setzte meine stärksten Waffen ein, damit sie mich sympathisch findet. So werde ich mich an meinem Freund rächen! Der Racheplan beginnt … Während ich die Suppe esse, sage ich ihr:

»Ich habe vielleicht einen Schrecken bekommen, als Michele ein Taxi genommen hat und weggefahren ist … Was hätte ich tun sollen? Ich habe auch eins genommen, und hier bin ich!«

»Gut gemacht. Aber wo ist dieser Halodri hingefahren?«

»Keine Ahnung! Arundhati war auch bei ihm. Und beide haben mich stehen lassen.«

»Arundhati? Ausgeschlossen. Sie ist zur Zeit gar nicht in der Stadt.«

Etwas gefällt mir nicht. Ich lege den Löffel hin und putze die Suppe ab, die mir am Kinn herunterläuft.

»Das heißt, also … Lassen Sie es mich erklären.«

Ich hatte vorgehabt, ihn anzuschwärzen und dabei hat es mich selbst erwischt. Am besten, ich gestehe alles.

»Wissen Sie, ich habe ihn nicht angesprochen, aber ich bin ihm nachgegangen, als ich die rote Kappe gesehen habe, die er aufhatte. Die mit dem Ferrari-Zeichen.«

Sie steht auf und geht in ein anderes Zimmer. Sofort kommt sie zurück, mit einer roten Kappe in der Hand.

»Diese hier?«

»Ja, die hatte er auf! Die ist es!«

»Aber wie denn? Wenn die Kappe doch hier ist!«

»Und Michele ist nicht da, oder?«

Bestimmt hält sie mich jetzt für einen Idioten.

»Genau! Du bist wahrscheinlich hinter einem anderen hergegangen …«

Sie geht wieder hinein und bringt ein Ferrari-Foto von einem Formel-1-Rennen mit. Jemand hat den Kopf von Schumacher herausgeschnitten und das Foto eines dreizehnjährigen Jungen mit schwarzen Haaren eingeklebt.

Ich lache und frage sie: »Wer hat das denn gemacht?«

»Michele, du siehst ihn hier auf dem Foto!«

Ich werde starr vor Schreck. Eins ist sicher: Ich bin ein Idiot. Derjenige, dem ich gefolgt bin, vor dem ich mich versteckt habe, den ich ausgetrickst habe und über den ich gelacht habe, war ein ANDERER! Ich möchte am liebsten im Erdboden versinken. Es ist mir so peinlich. Frau Crismani versteht das und ist noch freundlicher zu mir. Sie erklärt mir, dass Michele mich jetzt bestimmt sucht. Ich merke, wie stolz sie darüber ist, dass ihr Sohn noch nicht zurückgekommen ist, sondern nach seinem Freund Ausschau hält. Einem Freund, der ein einziges Chaos veranstaltet hat! Heißt das, dass ich mich als vollkommen dämlich erwiesen habe, und er als Held dasteht? Das ertrage ich nicht!

»Komm, wir rufen ihn an.«

Die Mail-Box geht an. Er ist irgendwo in einem Funkloch. Wer weiß, wo er nach mir sucht. In den dunklen Lagerhallen des Hafens? Es ist schon 14.30 Uhr. Frau Crismani macht sich langsam Sorgen. So sehr sie es auch zu verbergen versucht, ich sehe es in ihren Augen. Aber wenn sie doch einen Helden zum Sohn hat, warum regt sie sich auf, wenn er mal zu spät kommt?

Sie ruft bei ihren Mann an und bei verschiedenen anderen Leuten, aber ich bin zu müde, um zu verstehen, wer es ist. Ich möchte Groucho in den Arm nehmen und dort im Wohnzimmer einschlafen. Da erinnere ich mich an meinen Lehrer und an das Schachspiel.

»Frau Crismani, ich muss weg …«

»Wie bitte? Wir haben hier den einen noch nicht wieder gefunden, da willst du auch noch verschwinden? Ihr seid wirklich das Dream-Team … für Katastrophen!«

Ein Glück, so muss ich mich beim Schachspielen wenigstens nicht auch noch lächerlich machen. Am besten tue ich so, als wäre ich traurig.

»Und ich soll nicht zu den Wettkämpfen gehen?«

»Du bleibst, wo du bist. Du schaffst es, hinter dem Pferd herzulaufen und zu denken, dass es der König sei.«

Hurra! Ich komme um das Schachspielen herum. Frau Crismani bedauert aber, was sie gerade gesagt hat und verspricht mir, dass sie mich ins Carso bringt, sobald Michele aufgetaucht ist.

Es hat mich wieder erwischt. Ich muss wieder mit der Wahrheit herausrücken.

»Ehrlich gesagt, ist mir der Wettkampf egal. Ich kann gerade mal so gut spielen wie Michele«, sage ich. Soll heißen: Ich kann nur ein bisschen Schachspielen, minimal, eigentlich überhaupt nicht.

»Was?«

»Na ja, ich bin vor allem gekommen, weil ich Michele treffen wollte.«

»Und dann habt ihr beide es geschafft, euch zu verpassen?«

Bevor ich antworten kann, geht die Tür plötzlich auf und ein rundlicher Mann mit Schnurrbart kommt herein. Ich springe auf. Groucho protestiert, weil ich ihn fallen lasse.

»Hallo, Herr Crismani.«

»Ciao«, brüllt er mir entgegen.

»Wo ist mein Sohn? Ich wage zu bezweifeln, dass er nicht gemerkt hat, wie spät es geworden ist«, sagt er zu seiner Frau.

»Er sucht mich wahrscheinlich noch«, rechtfertige ich

Michele. Herr Crismani merkt, dass er mir die Schuld zuschieben würde, wenn er jetzt weiter schimpft, und beruhigt sich.

Wir sitzen alle zusammen im Wohnzimmer und unterhalten uns. Ich erzähle ihnen von Griechenland, wie ich so gut Italienisch gelernt habe und von meiner Liebe zur Oper. Wenn wir uns auch Sorgen um Michele machen, so reden wir doch über Themen, die nichts damit zu tun haben: Vater, Mutter, Katze, Hund, ein Kind und ein gemütliches Haus. Gibt es etwas Natürlicheres?

Na ja, wollen wir mal klarstellen, dass das Kind der Freund des Kindes ist, das gerade nicht da ist. Auf jeden Fall, es ist eine normale Familie. Na ja, fast normal.

Das Telefon klingelt. Herr Crismani nimmt ab. Er sagt nicht »Pronto«, sondern »Mensch, wo steckst du?«

»Ich? Im Carso. Herr Crismani, sind Sie es?«

»Ja! Wer ist dran?«

»Ich bin der Lehrer, der Fotis begleitet. Wo steckt er und warum ist er nicht gekommen?«

»Wissen Sie, er ist bei uns, weil wir seit Jahren ein Familienproblem haben. Heute hat es sich zugespitzt. Ich bitte um Entschuldigung. Wir sind schuld.«

Bestens. Er hat mich gedeckt, und so komme ich für heute darum herum, mich noch einmal lächerlich zu machen. Sie fragen mich, ob ich schon Zuhause angerufen habe, um zu sagen, dass es mir gut geht. Als ich »nein« antworte, springen sie auf. Sie sorgen sofort dafür, dass ich telefonieren kann. Ich rufe Oma an. Ich sage nicht viel. Das fehlte gerade noch, dass ich ihr sage, dass Michele verschwunden ist, damit sie sich auch noch in Griechenland Sorgen machen. Dort ist er ja bestimmt nicht!

Herr Crismani geht im Wohnzimmer auf und ab und raucht seine Pfeife. Er ist wie ein Raubtier im Käfig. Irgendwann sagt er:

»Also, jetzt reicht es mir! Es ist fast vier. Ich rufe bei der Polizei an.«

Bevor er jedoch zum Hörer greift, klingelt das Telefon erneut.

Ich bete: Lieber Gott, mach, dass es Michele ist!

Auf hoher See, auf dem Adriatischen Meer

Ich bin seit mindestens drei, vier Stunden an Bord dieses verdammten Kahns und mir geht es noch immer nicht viel besser. Okay, das Schlimmste ist überstanden, aber ab und zu klettert mein Mageninhalt wieder die Speiseröhre hoch in den Mund und ich stürze aufs Klo. Ein Sturzbach eklig grünlicher Brühe. Bin ich etwa ein Alien? Mein Mund brennt wie Feuer. Und erst der Geschmack. Igitt!

Ich habe es wieder und wieder versucht: Mein Handy funktioniert einfach nicht. Wer weiß, was aus Fotis geworden ist und welche Sorgen sich Mama und Papa machen. Wahrscheinlich benehmen sie sich wie diese Eltern in den amerikanischen Filmen, wenn der geliebte Sohn von einem psychopathischen Serienkiller entführt worden ist. Womöglich jagt mir mein Vater an Bord eines Schnellboots hinterher, das er nach erbittertem Kampf von einem kolumbianischen Drogenkurier erbeutet hat.

Ich bin verzweifelt. Was soll ich machen? Mit wem kann ich reden? Vielleicht mit dem Kapitän? So schlimm kann das doch nicht werden! Er wird mich sicher nicht in Ketten legen und in das geheime Verließ des Schiffes stecken. Und die Zeit des Auspeitschens, als abschreckendes Beispiel für die Besatzung und die anderen Passagiere, ist wohl auch vorbei. Ob ich die Überfahrt bezahlen muss? Aber mit welchem Geld? Die vom

Schiff hätten ja auch besser aufpassen und mich aussteigen lassen können. Außerdem bin ich noch minderjährig.

Auf alle Fälle ist es ihre Schuld, nicht meine, dass ich mich in dieser üblen Situation befinde. Apropos übel: Ich muss schon wieder aufs Klo.

Oh Gott, oh Gott, ist mir schlecht. Wie kann ich nur all diese Flüssigkeit in meinem Körper gehabt haben? Ich kann. Und ich muss jetzt mit dem Kapitän sprechen.

Während die Passagiere beim Abendessen sitzen (allein bei dem Gedanken an Essen wird mir schlecht), husche ich wie ein Geist über das Schiff, auf der Suche nach der Kabine des Kapitäns.

Hier ist er, Leutnant zur See, Michele Crismani, eskortiert von vier uniformierten Seeleuten, auf dem Weg zum Admiral der Intergalaktischen Flotte, um ihm Bericht zu erstatten. Dem Leutnant ist speiübel, er wurde von Piraten der Venus vergiftet, die verhindern wollten, dass er seine gefährliche Mission zu Ende bringt. Aber Crismani ist ein wahrhafter Held, sein heroischer Mut hat ihm zu weltweitem Ruhm verholfen. Er lässt sich nicht kleinkriegen. Sein Zusammentreffen mit Admiral Eleftherios Eftimiadis steht unmittelbar bevor. Der Name steht auf einem kleinen Schild neben seiner Kabinentür.

Ich klopfe und trete ein. Ein bärtiger Mann sitzt am Tisch und stochert mit der Gabel in seinem Essen herum. Mit einer Stimme, die an Sean Connery in Indiana Jones erinnert, fragt er: »Chriáseste kati?«

Ich verstehe kein Wort und antworte mit meinem vollen Namen und meiner Nationalität.

»Dein Problem?«, fragt er mich, »Kabine?«

Ich erkläre ihm die Situation. Vielleicht versteht er nicht alles? Oder meine Geschichte schlägt ihm auf den Magen? Jedenfalls schiebt er seinen Teller zur Seite, schaut mir fest in die Augen und bittet mich, meine Geschichte zu wiederholen. Drei Mal. Dann ruft er über das Bordtelefon einen seiner Offiziere und erteilt Befehle.

»Jetzt telefonieren Italien und hören, was Vater sagt.«

»Danke!«

»Wegen dir Schwierigkeiten. Ich besser werfen dich in Meer.«

Aber dann lacht er und klatscht sich auf die Schenkel. Er hat nur einen Witz gemacht. Uff!

Das Telefonat mit meinem Vater erspare ich euch. Ihr könnt euch bestimmt vorstellen, wie er getobt hat. Der Kapitän hat den Hörer ziemlich weit vom Ohr weggehalten, so dass ich einige Sätze verstehen konnte.

»Nichts als Unsinn im Kopf ... aber Käpt'n, auch Sie ... ich möchte Sie ja nicht beleidigen, aber Sie müssen doch prüfen, wer von Bord geht und wer kommt ... Michele kann nichts dafür ... und wenn er heute Abend nach Hause kommt ... WIE BITTE? SAGEN SIE DAS NOCH MAL!«

Als der Kapitän ihm ganz ruhig erklärt hat, dass ich nicht gleich wieder nach Triest zurückkehren werde, hat meinen Vater wohl fast der Schlag getroffen. Da ist nichts zu machen, mein lieber Herr Papa: Ein Schiff kann nicht einfach die Bremse ziehen und für Familie Crismani den Rückwärtsgang einlegen. Und bei dem Seegang ist es auch für die Küstenwache unmöglich, mich mitten auf dem Mittelmeer abzuholen. Umso mehr, weil wir das italienische Hoheitsgewässer bereits verlassen haben und uns auf kroatischem Gebiet befinden.

Letztlich werde ich bis zum Ende der Reise Käpt'n Eftimiadis anvertraut. Wenn die Fähre im Hafen von Patras anlegt, werde ich einem anderen Kapitän übergeben, der dann wieder nach Triest fährt. Das Ganze wird ungefähr drei Tage dauern. Das heißt, fast eine komplette Woche keine Schule: Super! Und das noch unfreiwillig.

»Geben Sie mir bitte meinen missratenen Sohn.«

Der Käpt'n zieht die Augenbrauen hoch und reicht mir den Hörer.

»Ciao Papa.«

»Michele, was soll ich bloß mit dir machen? Wie soll ich das nur deiner Mutter erklären? Kannst du mir das mal verraten?«

Von diesem Telefongespräch mal abgesehen, und davon abgesehen, dass ich Mama, Groucho und all die schönen Dinge bei mir zu Hause vermisse, und davon abgesehen, dass der arme Fotis jetzt ohne seinen Freund Michele untröstlich alleine in Triest sitzt: Davon abgesehen geht es mir ganz gut. Wenn da nur nicht … Wird schon schief gehen. Vor allem, weil mich alle an Bord wie einen kleinen blaublütigen Prinzen behandeln, der der königlichen Flotte einen Besuch abstattet. Vielleicht haben der Kapitän und seine Mannschaft ein schlechtes Gewissen. Natürlich hätte ich auch nicht heimlich an Bord gehen dürfen. Ja, gut. Sicher. Aber sind Abenteuerlust und Neugier bei Jungs in meinem Alter nicht normal? Sie hätten mich im Auge behalten sollen.

Die Behandlung ist jedenfalls ausgezeichnet, und ich werde so höflich bedient wie noch nie in meinem Leben zuvor. Es wird schon alles gut gehen. Wenn da nicht … die Adria wäre, die ähnlich unruhig ist wie mein Vater. Deshalb benimmt sich mein Magen wie mein Gehirn, wenn es Mathe lernen soll: Er rebelliert. Und ich verbringe Stunden in meiner Kabine, ich liege im Bett, mir ist schwindlig und wenn ich aufstehe … Ihr wisst schon.

Die Mannschaft bringt mir Tee, der Schiffsarzt hat mich untersucht und mir Pillen gegen Seekrankheit verschrieben, aber trotzdem fühle ich mich beschissen.

Kaum hatten wir erfahren, dass Michele auf dem Schiff ist, hörten wir auf, uns Sorgen zu machen, obwohl wir einen echten Schrecken bekommen hatten. Wir wussten, dass er auf dem Seeweg nach Griechenland war, und wir konnten schon wieder über seine und meine Schusseligkeit lachen. Das heißt, Frau Crismani und ich lachten, denn Herr Crismani hörte nicht damit auf, sich immer wieder laut zu fragen, was man doch für ein Armleuchter sein muss, um nicht zu merken, dass ein ganzes Schiff dabei ist loszufahren!

Am ersten Abend wollte ich nur noch schlafen. Ich hatte keinen Mumm um auszugehen, und so hatte ich auch keine Sehnsucht nach den anderen Schülern aus Griechenland. Als ich allein war in Micheles Zimmer, fühlte ich mich merkwürdig! Es war so ähnlich wie meins: ein Bett, zwei Bücherregale, ein Schreibtisch, ein Schrank, ein Poster von Shakira, ein Schal von Inter Mailand, die berühmte rote Ferrari-Kappe. Ich legte mich hin. Da bemerkte ich die Bettdecke mit den Kätzchen. Die hatten sie bestimmt gekauft, als Michele noch klein war. Hat denn niemand gemerkt, dass er größer geworden ist? Habe ich vielleicht nicht auch den kleinen Teppich mit den Dalmatiner-Hunden, den Oma um keinen Preis wegwerfen will? Mit dem Gedanken, dass die Erwachsenen nicht wahrhaben wollen, dass wir größer werden, schlief ich tief und fest ein. Wenn eine fliegende Untertasse das Mietshaus mitgenommen hätte und ich auf dem Mars gelandet wäre, so wie Michele in Griechenland: Ich hätte es nicht gemerkt.

Ich wurde von einem süßen Duft geweckt, der mir in der Nase kitzelte: Es roch nach Familie, nach einem Haus mit Mama und Papa! Im Nebenzimmer hörte ich Herrn Crismani. Er redete und redete. Er dachte wohl, ich würde noch schlafen und nahm deshalb kein Blatt vor den Mund. Er sagte so viele Dinge über Michele – also, wenn Michele das gehört hätte, wäre er bestimmt nicht mehr zurückgekommen, sondern hätte als Leichtmatrose auf einem Schiff angeheuert. Letztlich ist es wohl doch nicht so schlecht, bei der Oma zu wohnen – wenn die Eltern so viel herummeckern. Der Duft kitzelte mir aber immer noch in der Nase. Als ich in die Küche ging, merkte ich, dass es die Brioches waren, die Micheles Mama aufwärmte, und der Kaffee, den sein Papa kochte.

Wir frühstückten und Herr Crismani ging zur Arbeit. Frau Crismani rief meinen Lehrer an und sagte ihm, dass ich nicht zum Schachspielen kommen könnte, weil mein Freund noch nicht wieder aufgetaucht sei. Wie sollte ich mich da aufs Spielen konzentrieren? Der Lehrer hatte nicht das Geringste einzuwenden.

Frau Crismani und ich streiften durch die ganze Stadt. Wir gingen auf den Hügel und ich sah Micheles Schule. Wir hatten uns nicht getroffen, ich hatte ihn nicht persönlich kennengelernt, aber dadurch, dass ich in seinem Bett schlief, bei ihm Zuhause aß, durch sein Viertel lief, fühlte ich mich ihm sehr nah. Wo steckst du nur, mein armer, lieber Freund? Wenn du doch bloß hier wärst!

Im Hafen von Patras

Nach 36 (sechsunddreißig!) Stunden auf See sind wir in Patras angekommen. Der Kapitän teilt mir mit, dass ich wegen meines schlechten Gesundheitszustands nicht an Bord des Schwesterschiffs der *Anek* nach Triest gehen muss. Ich habe mich schlichtweg geweigert. Nicht nochmal. Stattdessen werde ich so lange in Griechenland bleiben, bis sich die Wasser der Adria wieder beruhigt haben und ein Schiff unter dem Kommando meines glorreichen Retters Eleftherios Eftimiadis in See sticht. In der Zwischenzeit werde ich einige Tage in Athen verbringen, als Gast der Familie von Fotis, das heißt, von seiner Großmutter. Aber wie komme ich von Patras nach Athen, eine Strecke von etwa 300 Kilometern? Ganz einfach. Kapitän Eftimiadis wohnt auch in der griechischen Hauptstadt (falls sie mich in der Schule danach fragen sollten: Seit heute bin ich Experte), er wird mich persönlich zu Oma Paskos bringen. Er hat Himmel und Hölle in Bewegung gesetzt, um mir eine Unterkunft zu besorgen. Und er hat auch meine Eltern schon von seinem Plan unterrichtet. Wer weiß, was mein Vater dazu zu sagen hatte …!

Von Patras bin ich nicht gerade begeistert. Es gießt wie aus Kübeln und es stürmt ohne Pause. Ist Griechenland nicht für sein warmes Klima bekannt? Hier sieht es eher aus wie in einem Horrorfilm: Der Himmel ist tiefschwarz, es wird gar nicht richtig hell. Der Kapitän hat mir einen Regenmantel ausgeliehen, dazu trage ich eine Seemannsmütze. Als ich von Bord gehe, sehe ich aus wie einer dieser Bootsflüchtlinge, die vor Sizilien aus dem Meer gefischt werden. Ich blicke mich um. Der Hafen von Patras sieht nicht viel anders aus als der von Triest. Ich kann das jetzt gut beurteilen und sage euch: Alle Häfen dieser Welt sehen gleich aus: Kais, Seeleute, große und kleine Schiffe. Das war's.

Während der Autofahrt habe ich Kapitän Eftimiadis von meinem Leben und meinen Abenteuern erzählt. Ich weiß nicht, ob er mir alles geglaubt hat, denn schon als kleines Kind habe ich unglaubliche Dinge erlebt: Davon kann selbst ein alter Seebär wie er nur träumen. Von der Jagd auf die Panzerknacker (Michele Crismani auf den Spuren der Ducks) bis zum dunklen Geheimnis meines Vaters (Mysteriöse Gäste im Computer meines Vaters). Von meinem Zusammentreffen mit Harry Potter (Michele Crismani und der geheimnisvolle Brief), über meine

Reise nach Apulien (Michele Crismani ist nicht zu halten) bis hin zu meinen Abenteuern in Slowenien (Michele Crismani gibt nicht auf): Dieser Michele Crismani hat schon einiges hinter sich.

Von sich erzählte der Kapitän nur wenig. Er lebt allein und denkt noch immer an die unglückliche Liebe seiner Jugendzeit zurück, die ihn wegen eines anderen verlassen und die er nie wieder gesehen hat. Sie war keine Schönheit, aber sie hatte Temperament. Auf ihrer Oberlippe wuchs ein zarter schwarzer Flaum, der ihr aber sehr gut stand … dann seufzte er, denn er hat seine Athina nie vergessen.

Der Volvo fährt durch die dunkle Nacht. Niemand weiß, wann wir in Athen ankommen. Wahrscheinlich sehr spät (zu spät ist meine Spezialität), dann habe ich die Stadt ganz für mich allein. Ich bin sehr glücklich, dass die Seekrankheit endlich vorüber ist, mir geht es wieder richtig gut. Und jetzt habe ich einen Bärenhunger, ich könnte ganze Berge verdrücken.

Zuhause bei Michele Crismani in Triest

Als wir am Abend nach Hause zurückkamen, sagte ich Micheles Eltern, dass ich darauf warten möchte, bis mein Freund aus Patras anruft.

»Weißt du, es geht ihm nicht gut. Er ist seekrank geworden und will noch ein bisschen auf dem Festland bleiben. Als ihr weg ward, habe ich mit dem Kapitän gesprochen …«, erklärte mir Herr Crismani.

»Ja, und?«

»… Sobald sie in Patras ankommen, wird er weiter nach Athen fahren und bei dir Zuhause schlafen.«

»Bei mir Zuhause? Bei der Oma?«

»Ja! Der Kapitän hat sie bereits informiert.«

Bei Fotis Paskos in Athen

Fotis wohnt im Kipseli-Viertel. Kipseli bedeutet übersetzt »Bienenstock« und tatsächlich ist Kipseli das am dichtesten besiedelte Stadtviertel der Welt, zusammen mit Hongkong. Mitten in der Nacht sind nur wenige Menschen auf der Straße, aber diese scheinen aus aller Herren Länder zu kommen. Das Mietshaus sieht witzig aus. Es steht nicht frei an einer Straßenecke wie normale Häuser, sondern sieht aus wie der Bug eines Schiffes.

»Ich bringen dich hoch. Sonst du noch landen in China oder in Spanien.«

Kapitän Eftimiadis klingelt, und wir steigen die Treppe rauf. Ein, zwei, drei, vier Stockwerke. Von einem Aufzug keine Spur.

Die alte Dame, die uns die Tür aufmacht, hat einen zarten Flaum auf der Oberlippe, einen … Damenbart!

Mein Begleiter stammelt: »Athina?«

Die alte Dame sieht ihn an und antwortet: »Eleftherios?«

Und ich sage: »Guten Abend, ich bin Michele Crismani, Fotis' Freund.«

Die beiden schauen sich lange tief in die Augen. Er nimmt ihre Hand: »Tha ertho na ton paro se tris meres.« Dann wendet er sich an mich: »Ich habe ihr gesagt, dass ich dich in drei Tagen abholen komme.«

Und Athina entgegnet: »Se periménoume.«

Der Kapitän verabschiedet sich und gibt mir die Hand. Dann geht er und ich betrete die Wohnung. Sie ist so groß, dass unsere mindestens dreimal darin Platz hätte, aber alles macht einen traurigen Eindruck, ziemlich elegant zwar, aber düster. Armer Fotis.

Ich lächele seine Großmutter an und sie lächelt zurück. Mehr geht auch nicht, denn ich kann kein Griechisch und sie kein Italienisch.

»You friends Fotis.«

»Oh yes.«

Das wissen wir natürlich schon, aber es hilft, uns aneinander zu gewöhnen.

»Fotis' room.«

Sie zeigt mir ein Zimmer, das ein bisschen aussieht wie mein eigenes, nur größer. Ich sehe mich um. Bett, Schreibtisch, Computer, Bücher und CDs. An der Wand ein großes Bild eines Jungen (das muss Fotis sein), der neben einem hübschen schwarzhaarigen Mädchen steht: Eleni. Ihr Gesicht ist mit Filzstift übermalt, eine typische Geste, wenn man jemanden hasst, den man eigentlich liebt. Es muss Eleni sein.

Athina öffnet den Kleiderschrank und winkt mich zu sich. Sie zeigt erst auf die Klamotten ihres Enkels, dann auf mein T-Shirt und fasst sich an die Nase. Ich laufe rot an, denn mir wird schlagartig klar, dass ich erbärmlich stinken muss. Ich nehme Hose, Unterhose, Socken und ein blaues T-Shirt aus dem Schrank.

»Now, your room«, sie zeigt auf das Zimmer.

»Oh yes. Tenk yu.«

Dann führt sie mich ins Bad und dreht den Wasserhahn an der Badewanne auf. Das ist fast schon eine Unverschämtheit, aber in diesem Fall nötig. Ich würde einen Typen in meinem Zustand ohne eine Komplettreinigung auch nicht in meine Wohnung lassen.

Aber bevor ich in die Fluten tauche, bringt sie mich noch in die Küche und zeigt auf den gedeckten Tisch. Das Essen sieht komisch aus, von Italien kenne ich so was nicht. Aber das ist mir egal. Ich mache mich sofort darüber her. Zaziki, Moussaka, Bifteki, erklärt mir Fotis' Oma, während ich mir eine salzige Joghurtcreme mit Gurken und Knoblauch, Auberginen mit Kartoffeln und Tomaten sowie leckere Mini-Frikadellen auf den Teller lade. Nach dem Essen rülpse ich nur deshalb nicht, weil das ein internationales Geräusch ist und Rülpsen bestimmt auch in Griechenland unhöflich ist.

Dann lasse ich mich in das wohlig warme Badewasser gleiten und dämmere augenblicklich weg. Seltsam: Nach einer unbeschadet überstandenen Überfahrt auf der stürmischen Adria, wäre ich fast in der Badewanne ertrunken.

Nach dem Baden trockne ich mich ab, ziehe die frischen Klamotten an und schleppe mich in Fotis' Zimmer. Ich werfe mich aufs Bett und schlafe sofort ein. Ich schlafe wie ein Toter: Bis das Telefon klingelt.

Zuhause bei Michele Crismani in Triest

Das kam völlig unerwartet! Ich hier und du dort! Ich empfand eine seltsame Freude.

»Ich lege mich jetzt hin. Wenn Oma anruft und Michele mit euch spricht, weckt mich bitte …«

Ich gehe in mein Zimmer, das heißt in Micheles Zimmer. Ich lege mich hin.

Wenn das, was ich erlebe, verfilmt würde …

Zuhause bei Fotis Paskos

Oma Athina ruft: »Fotis at telephone«. Ich gehe ins Wohnzimmer, aber sie läuft mir hinterher und zeigt auf das Telefon auf Fotis' Nachtschränkchen. Ich nehme den Hörer ab und lege mich wieder aufs Bett.

Es macht Tüt tüt und dann ist er da. Zum ersten Mal höre ich seine Stimme.

»Michele?«

»Fotis?«

»Hi.«

»Ciao.«
»Ich bin in Triest. Und du in Athen?«
»Tja, ich bin hier bei dir und du bist bei mir.«
»Meine oder deine Schuld?«
»Meine und deine.«
»Freunde?«
»Freunde!«
»Treffen wir uns?«
»Das nächste Mal …«
Aber das ist eine ganz andere Geschichte …

Wie schreiben zwei Schriftsteller aus Triest und Athen, die sich weder kennen noch die Sprache des jeweils anderen sprechen, zusammen ein Buch? Kein Problem! Jeder von uns schrieb ein Kapitel, schickte es dann an die Übersetzerin, die es rasch in die jeweils andere Sprache übersetzte, und wieder weitersendete. Nur das letzte Kapitel, in dem sich unsere Helden treffen wollen, haben wir gemeinsam geschrieben: Zu Hause bei der Übersetzerin in Athen, mit Hilfe eines Computers und viel Zaziki.

Die Autoren

Luciano Comida (o. li.), geboren 1954 in Triest, arbeitete lange Zeit beim Öffentlichen Verkehrsamt, hat aber weder Auto noch Führerschein. Er hat einige Bücher und viele Artikel für Zeitschriften geschrieben. Sein dritter Jugendroman »Die ganze Welt hat's auf mich abgesehen« ist das erste Buch, das auf Deutsch veröffentlich wurde. Es folgte der Kinderroman »Post für Michele«.
Für seine Jugendromane erhielt er diverse nationale und internationale Preise. Er mag Rock, Jazz, Kino, Comics und Literatur, spazieren gehen und Leute beobachten. Typisch für seine Bücher sind Bezüge zu aktuellen Musikbands, Filmen und Technologien, die den Alltag heutiger Jugendlicher bestimmen.

Vagelis Iliopoulos (o. re.), wurde 1964 in Athen geboren. Er studierte Pädagogik und Theologie und arbeitet seit 1984 als Lehrer in einer Grundschule. Schon als Kind hat er sich gern Geschichten ausgedacht und sie dann mit Freunden nachgespielt.
1995 erschien sein erstes Kinderbuch, mittlerweile hat er über 30 Bücher für Kinder und Jugendliche veröffentlicht, darunter die Bestseller-Reihe »The Little Triangle-fish« (1997), deren Protagonist zu den beliebtesten (Anti-)Helden der griechischen Kinderliteratur zählt. Iliopoulos wurde für sein Werk mehrfach ausgezeichnet. Er lebt mit seiner Frau und seinen zwei Kindern in Athen.